回家

今日是明日的回忆

黄丽穗 著

北方联合出版传媒(集团)股份有限公司
万卷出版公司

著作权合同登记号：06-2015年第140号

© 黄丽穗　2015

图书在版编目（CIP）数据

回家 / 黄丽穗著. -- 沈阳：万卷出版公司，
2015.12
　ISBN 978-7-5470-3967-0

　Ⅰ.①回⋯　Ⅱ.①黄⋯　Ⅲ.①游记—作品集—中国—
当代 Ⅳ.①I267.4

中国版本图书馆CIP数据核字（2015）第275808号

回　家

责 任 编 辑　郝　兰
出 版 者　北方联合出版传媒（集团）股份有限公司
　　　　　　万卷出版公司
地　　　址　沈阳市和平区十一纬路29号　邮编：110003
联 系 电 话　024-23284090　010-57454988
经　　　销　各地新华书店发行
印　　　刷　小森印刷（北京）有限公司
版　　　次　2015年12月第1版
印　　　次　2015年12月第1次印刷
成 品 尺 寸　170mm×230mm
印　　　张　14
字　　　数　150千字
书　　　号　978-7-5470-3967-0
定　　　价　52.00元

谨以本书献给陈武刚先生——

一个爱家、关怀无数家庭、有担当有责任心的人。

自序　　出走，只是为了想家

　　我的上一本旅游书，叫《出走》。这一本，初初提笔之际，书名便已然在心中成形……

　　出走过后，我要"回家"。

　　我很少在书里提及思乡的情绪，我写名山大川、小镇风光，极尽所能欲将所闻所见带给读者们。至于旅途中的劳顿抑或不顺遂，总觉得纯属个人经验，没什么好拿来献丑或说嘴的。所以大家只见我玩得风光，却不知我其实在许多异乡的夜里辗转反侧，因为想家。旅行中的我永远睡不好也睡不饱，这其实大相违背我的美容主张，更遑论那必须辛苦调整的时差。

　　《出走》付梓至今两年，七百多个日子，我又去了非洲、美国、加拿大、北极、英国、法国、日本……北极那一遭，我极少见地生了病，又因为身处极寒地带，拖着病体旅行，元气大伤。回来以后信心全失，一度甚至萌生"也许真该向年龄妥协"的念头。

　　但生命的奇妙正如旅行，你永远不知道下一个转角会遇见什么。我在北极失去的信心，后来却在非洲大地找了回来。在那个刷牙、如厕、饮水都远不若台北温居方便的动物王国，我反而生龙活虎，见识了自己其实仍有无限可能。

最原始的异乡，却给了我最大的力量。

生命最原始的热忱，让我原本并不强壮的身体，有了上山下海的力量。我明白每件美好事物的背后，都有一定必须付出的代价；我体悟人生每个阶段的改变与得失。每当我离家旅行，便是我对家的思念最悠长之时。旅行让我学会在矛盾之间取舍——去北极，不怕吗？当然怕！离家千万里，放得下另一半与孩子吗？当然放不下！可是，若不毅然成行，只怕我会有更多的抱憾吧。

这一趟，我在旅行中，书写更多人生风景与心情。在回家之前，我收束好所有的见闻与思念，然后，在我推开家门，放下行李箱的那一刻，我那归心似箭的爱，便会迫不及待地奔向家人了。

自序　出走，只是为了想家

PART 1　欧洲·永远优雅

PART 2　非洲·丰盛精彩

PART 3　极地·绝美景观

PART 6 旅行·生命热忱

Part 1——

欧洲·永远优雅

在跳蚤市场遇见的美好

心心念念地去寻，或有失落的可能；无意间的邂逅，反而常成就最完美的相遇！

　　巴黎向来让我无法拒绝，至今已去过十数次，仍然患有重瘾。每隔一段时间，瘾头一犯，我便得向自己的心投降，漂洋过海解馋去。

　　除了我在前一本书（指《出走》，作者的另一本散文游记）中提过的美术馆、博物馆、三星美食、流行时尚、优美街景，巴黎还有一个引人"中毒"的原因，就是它的"跳蚤市场"。

　　巴黎的跳蚤市场真是令人百逛不腻。那些年份不详的古董们，各自在摊位上孤芳自赏，等待有缘人。有的状态良好，虽旧犹新；也有的小有磨损，但瑕不掩瑜，甚或更添历史感。再古老再寻常的事物，都有机会出现在某个角落。心心念念地去寻，或有失落的可能；无意间的邂逅，反而常成就最完美的相遇！

　　比如这一回，我买到一只金铜色的化妆盒，扁扁的，比一张名片大不了多少。盒身有着细细的纹路，还附着一条短小细巧的金链子。盒内有小镜，一小块可置粉心的空间，一格可装口红的凹槽：麻雀虽小，却可真是五脏俱全。想想若有合适的晚宴场合，让它像迷你手拿包那样垂缀于手腕上，

跳蚤市场，是巴黎令我"中毒"的原因之一。

衬之以《了不起的盖茨比》风情的小礼服，不知有多么优雅古典。最棒的是，因为它来自跳蚤市场，根本不必担心与人"撞包"，保证独树一帜。

我还花了几十欧元，买了几只花色各异的袖扣。谁说袖扣只能是男人的专利？这些漂亮的小配件让我时尚的灵魂蓦地苏醒，脑筋不断地转着：放在某件衬衫袖口上，一定很特别；再不然当别针用，应该也很不错。

一只小银盒，雕着漂亮的花饰，有个好握的木把手，按压之际可将盒盖开阖。全然不知从前人拿来做什么用的，但我想用它装糖。客人来时把小银盒拿到人眼前，一边问着："要不要来块糖？"一边轻巧地按开盒盖……光是想象都觉得好"酷"！于是花了 90 欧元（1 欧元 ≈ 6.79 元，90 欧元合人民币约 600 元），它也成了我的。

游逛跳蚤市场的乐趣，某部分就在于这种想象力的极致驰骋。如何赋予老物新生，不也是一种考验智慧的游戏吗？

老东西也很适合为友情锦上添花。一次，我看上一块假领，紫色，镶着许多小珠珠，很复古，要价 6 欧元。同行的朋友也喜欢，但犹豫着买了恐怕不敢戴。见她把东西放回摊位，我便拿起来要付钱，不想她竟又决定要了，于是终归她买了去。

想不到回国没几天，我收到她寄来的礼物，就是那块紫色假领！朋友说，她回来后愈想愈觉不好意思，所以还是把领子送我。我不但没花半毛钱，而且多收下了温馨友情，多么物超所值！

我也在跳蚤市场上，为好友孙越寻到两把刀：一把真是古旧到不行，

想象这些在跳蚤市场里发现的物品，它们曾经属于谁？原来的主人是在何种情境下使用它们？它们背后曾隐藏着什么样的故事？这就是它们最吸引人之处。

刀鞘尤其被岁月蚀得像要碎掉，但我知道老友定会爱极；另一把是弹簧刀，我担心他老人家，再三叮嘱，就怕一个不小心，刀锋弹出来，那可危险。未料他闻言竟哈哈大笑，反"将"我一军说：

"阿穗，我可是从小玩弹簧刀长大的，这我还不懂吗？"

买下跳蚤市场的老东西，贪的多半不是便宜，而是故事。却也有那种买得太过开心、浑然忘我，以至于把自己的好运傻傻遗落的情况——

花了 70 欧元，高高兴兴买了 7 个古董药盒子，糊涂如我，却把东西留在摊位上没拿，白白把钱送了人。这方面法国人就不若日本人，他们不会像后者那样巴巴地追上来说"客人，您东西忘了"，他们想的是，既然钱付了，商品没带走就是您自个儿的不对啰。

朋友红丽在跳蚤市场买了一套非常漂亮的乳白西式餐盘，边缘镶了一圈金色。包含大汤盘在内，大大小小一共四十件，只花了她 100 欧元。我呢，买下一对烛台，烛台中间的柱身是黑色的，上下则是透明水晶，美得不得了，也只要 60 欧元。

次日我们便要回台，于是好不容易找到一间周日有营业的邮局，请他们将东西寄回台北。我的两支烛台，运费竟要 50 欧元，但我贪图省事，还是寄了。

一周后我们收到包裹，朋友的餐盘破到一半不剩；而我的烛台，两支都断了！万分舍不得而去送修，又花了当初买烛台外加运费的金额，而且只能得回原貌的 80%。

"缺陷美也是美啦！"我只能苦笑着这般安慰自己。两支带伤的烛台，我日后每用一次，必定又能回味一回——那美丽却又"脆弱"的相遇吧！

关于旅行时的 "吃"

当你将鲜奶油倒在巧克力上时，极冰与极热的组合幻化成口中层次分明的美味。

出门在外，"吃东西"这件事到底该不该讲究，自然是因人而异。有人觉得玩耍重要，食物饱足或糊口就行；有人则是愿意为闻名遐迩的美食启程，圆一个味觉的梦想。

近几年我的旅行，关于吃的部分，渐渐在"专程"与"随遇"之间取得一种微妙的平衡。前者是朝圣，后者是惜缘。对我来说，只要入口的东西的确美味，都好。

能够慢慢地吃，细细地品，身旁还有亲情或友情相伴，一个人还能冀求超乎于此的福气吗？

春末夏初的 5 月底，我与朋友赴法旅游，在桃园机场准备出关。查验随身行李时，海关人员发现我的化妆包里有把小剪刀，那是我出国必带，用来修剪发尾的工具，我一时粗心，忘了收进托运的行李箱。这下可惨了，海关说要不没收，要不我重新出去，把东西收妥后再进来。朋友一看我那剪刀，马上说：

"这么古典又漂亮，被没收太可惜了！"于是我们又出来，重新走一次出境程序。

折腾间，突闻有人喊我，回头一看，是经营旅行社的萧先生，带着他美丽的妻女，也在队伍中准备出境。我们匆忙寒暄了两句，只知道大家的目的地都是法国，并没有互问盘桓的日期，便又各自散去。

两天后，我在巴黎的某间名店里，正为朋友托买的包包伤脑筋时，听见有人叫：

"黄老师！"

真是巧，又是萧先生。

两次的偶遇让萧先生无论如何要请我们吃鸭子，他说是在台北绝对吃不到的法国鸭，充满巴黎当地的味道。我当然兴趣满满，美食当前，又是朋友的热情邀约，焉有拒绝的道理？

那顿"一鸭两吃"真的让我大为惊艳。没有炫目的装潢，平实的法国餐厅里卖的却是不可多得的美味。以橙汁与酒料理的鸭肉，在客人面前被切成块，上桌；鸭腿的部分，鲜、嫩、多汁，加上菇类烹煮，又变身另一道佳肴。

怪不得都是熟门熟路的法国老饕在店内大快朵颐，我们这几个台湾旅客，夹处在巴黎人中间，反而更显得"识货"呢。

巴黎还有间缅越餐厅。冬天去法国时，因为冷，不想老吃西餐，所以我晚上常选择去那儿吃碗热乎乎的河粉。胃暖了，身体也就跟着舒服。店里的篮子蒸饭非常香 Q，配上河粉汤的鲜美，足够让我在异国的冬夜，满足得笑逐颜开。

旅途中，有时白天行程匆忙，没时间好好坐下吃一顿，我也会选择路边的小吃，简单解决一餐。比如蓬皮杜文化艺术中心的后街街角，路边摊卖的棍子面包夹火腿、起司，机器将面包烤得热热的，配杯咖啡或奶茶，我也能吃得挺饱。

逛得疲累时，我的最爱是 Angelina 咖啡馆。它就位于卢浮宫左边，与之相距几个街口，从卢浮宫出来，步行只要十几分钟。装潢古典雅致，卖着各式各样的糕点、茶、咖啡……我必点的永远只有两样：热巧克力、栗子蛋糕。

滚烫的巧克力装盛在温过的瓷杯中，旁边附上一小杯冰的鲜奶油。当你将鲜奶油倒在巧克力上时，极冰与极热的组合幻化成口中层次分明的美味。奶油香醇，巧克力浓郁，真是"余味袅袅"啊！

Angelina 咖啡馆的热巧克力、栗子蛋糕，是我的最爱。

　　店家更是不惜成本，栗子蛋糕底座只有一点点，其余几乎全是栗子。入口即化，不过甜也不黏腻，好吃极了。

　　到 Angelina 享受，经常会遇上大排长龙，但等个二三十分钟，我个人以为，完全值得。

　　如果选择麦当劳，无非是图它的厕所。在欧洲上洗手间真的很不方便，当你内急却又无处可解决时，位于香榭丽舍大道上，包裹着纯美式外衣，本来看似与欧洲古迹格格不入的麦当劳，突然间就变得无比亲切起来。我们戏称它为"美国大使馆"。麦当劳自然称不上美食，然而话说回来，民生"小"事若不顺心，只怕再棒的食物也无福消受。此外，现在巴黎街头多了一种流动厕所，相较于台湾常见的那种，巴黎的略为宽敞。在此要特别提醒读者们注意的是，每当有人使用完毕，出来关上门后，蓝色信号灯亮起，表示内部正在自动清洗。此时千万不要开门，因为洗的方式是整间厕所全部冲水。所以使用前请务必先行确认，要是贸然开关门，就只有被淋成落汤鸡的份儿了。

从洗手间开始的视觉飨宴

这大胆又漂亮的颜色，让本来急着上厕
所的我，不由得放慢了脚步。

　　我一直主张"从洗手间看餐厅品质"的理论，尤其是那种大张着设计
旗鼓、标榜品味的餐厅，更是关系至巨。就算菜肴再美味，若洗手间让人
失望，我心里对餐厅的好感便去了大半。

　　当你在一家初次拜访的餐厅，用餐空当对朋友说"我去一下洗手间"时，
不知道你是否也跟我一样，内心带着一种访查探究的情绪。

　　在世界各地，我觉得漂亮或舒适的餐厅洗手间不少，但让我目瞪口呆
以至流连忘返者，法国的 Ducloux Yohann 餐厅，算是史上第一家。它位于
我们去往罗切科斯城堡酒店（Chateau de Rochecotte）的途中，是间设在葡
萄庄园里的现代餐厅。

　　首先是色彩。自洗手间外让客人吊挂外套的墙面开始，就漆着嫣红色！
这大胆又漂亮的颜色，让本来急着上厕所的我，不由得放慢了脚步。殊不
知进去之后，竟有更大的惊喜——

　　洗手台左右两边，依然以嫣红为底色的墙面上有着形状如蜂巢一般的
不锈钢架，里面卷放着一条条给客人擦手的毛巾。橘色、黑色、粉红色，

Ducloux Yohann 餐厅充满现代感，配色大胆、设计新颖的洗手间令人惊艳。

巧妙地形成另一种实用的壁饰。

洗手台主体呈长筒状，最上面是不锈钢，中段则是透明玻璃，其后居然栽植着绿色植物。上方在一般成人额头高度的位置设有体温传感器，你一站在洗手台前，水龙头就会自动出水。水槽中则铺设着小拳头大的石头，防止水花溅出。

玻璃管中，袅袅婷婷伸出两枝新鲜的马蹄莲，想当然耳是直接将水流经过的玻璃柱当成花瓶使用，一举两得。

放卫生纸处是一个上半段为嫣红色的圆柱，固定于黑色的墙面，柱子下方一处被挖空，用以挂卫生纸。

洗手台上还放着三只精巧的小杯，里头点着蜡烛，烛杯间则摆置着洗手液。

而直立于地板上的玻璃大罐中，堆叠着无数的红酒软木塞，看似随意，

却是不着痕迹的美丽。

衣物间的衣柜门是黑色的，中间一段嫣红，以呼应墙面。为透气考虑，门面采缝隙宽大的百叶设计。此外还挂着现代画，也与整体配合得天衣无缝。

洗手间都已经这般让人惊叹了，何况美食！

照片上的我一脸呆愣，不为别的，正是因为前菜美得令人惊叹。一小杯、一小口，小巧的迷你红萝卜、白色花椰菜、黄瓜汁；光是颜色就已如此认真且讲究，遑论食材的营养配置。一路吃到甜点，一路不能或停地摇头赞叹，每道菜都好吃，简直从眼睛到嘴巴到心，都在享受人生莫大的欢快与幸福。

Ducloux Yohann 是一间得天独厚的、葡萄园中的餐厅，傍山而筑。站在庭院中，放眼望去，整个山丘都是他们的。天空是掺杂着些许靛蓝的灰，恰似一张上了底色的画布，衬得近处的树干、叶片，有种分外美妙的姿态。

Ducloux Yohann 餐厅的前菜到甜点，每道菜都好看又好吃，教人从眼睛、嘴巴到心，都感受到欢快与幸福！

餐厅大门前有一段顺势而升，踏阶平浅的阶梯，旁边铺迭着小小的鹅卵石。中间则设置不锈钢水道，细细的流水轻缓地经过，很无忧、很自在。阳台上方的屋檐如巨伞般尽情延伸，与偌大的庭院更加契合。院子里还可见到一些动物雕塑，如刺猬等，也十足乡村野趣。

　　这餐厅拥有自己的酒庄，不点酒根本无异于暴殄天物。于是我们六个人，花了 26 欧元，点了一瓶最年轻的（2012 年）红酒，想不到非常顺口，与我们的菜肴亦颇搭配。相谈甚欢之下，老板竟豪爽地送了我朋友的女儿一瓶酒，让她带回英国呢。

　　你听过三星，但你可知米其林还有另一套评选好餐厅的标准，是"刀

在到处都可看见古迹、充满古典风味的法国，居然在一座葡萄园中，藏着一间无论硬件、软件设计都如此充满现代感的餐厅，着实令人耳目一新。

←餐厅院子里的雕塑也充满现代感。不锈钢水道，令孩童们都忍不住前往嬉戏。

↓餐厅门口的米其林两对"刀叉"标示，果然名不虚传。

叉"。最高级为三副刀叉，我去的这间，门外清楚标示着两副。换句话说，它还不是最高级的，但已然令我惊艳若此。所以你说嘛——

世界这么大、这么好玩，我哪里舍得不"出走"呢？

以美景成全美意

我端详着那只锅，苦恼极了……

5 月，法国的午后。

距离巴黎两三个钟头车程的一间乡下小餐厅里，我们一行六个人，在各自喜爱的情境中享受着：有人正细品盘中美食；有人悠悠地聊着天；我呢？带着爱不忍释的表情，细细欣赏一只铜锅。

铜锅是餐厅兼卖的古董之一，约莫一个孩童两手合抱的大小，金铜色，漂亮得不得了！欧洲农家常将这种锅挂于两根"Y"字形铁架横亘的铁杆上，其下烧着旺旺的炉火，将肉类与蔬菜（如鱼与蔬菜）炖煮成一大锅主食，再用撕下的小块面包蘸着汤汁吃。铜锅保温效果好，是极佳的餐具。你或者也曾在西方电影里看过这种场景，窗外大雪纷飞，窗内却总有哔剥作响的壁炉柴火，火光映照着人们红红的脸颊。人们一边吃着寻常的乡村美食，一边啜饮着温润顺喉的佳酿。大家谈笑着，明明只是小小一方天地，却无比舒适惬意……

我端详着那只锅，苦恼极了。它一点也不贵，80 欧元，合台币也不过3000 出头（合人民币约 600 元）。问题是它很重，又大，行李箱肯定塞不

下。我实在喜欢却又不敢买。正踌躇着，妹妹一个箭步扑向那只锅，欢天喜地地将它买了下来。

扼腕啊！

妹妹实在很厉害。我的担心对她全然不成问题。她拆了一个买其他东西附赠的纸盒，又塞又捆的，把铜锅包了个妥妥帖帖，就这么一路抱上飞机，又一路抱下飞机，看来辛苦，却没听她嚷累，平安将锅带回了台北。

隔了没多久，我的结婚纪念日到了，妹妹笑嘻嘻地送上礼物——正是那只我心心念念，以为它已然琵琶别抱的铜锅啊！

家里人口简单，我没办法真用硕大的铜锅煮顿美食款待妹妹，但我想到更好的……你可知金铜色的广口大锅当花器有多么美！何况它还是古董！大把的花朵怒放在客厅一角的铜锅中，或娇黄，或艳红，间有翠绿枝叶轻巧地蜿蜒而下……我以美景成全了妹妹这份来自法国乡间的盛情。

小小脱队的意外邂逅

她盛放时，有我欣赏；她凋谢了，我也
该踏上归途。

我爱花，家里不分四季总有鲜花当摆饰。缤纷的花色中，我独衷紫色，尤其是深紫，典雅、高贵，实在令人难以抗拒。

这份对花朵的热爱也延及旅行。我有个习惯，但凡投宿一家旅店超过两晚以上，就想把房间布置一下。那么，还有什么比鲜花更合适呢？她盛放时，有我欣赏；她凋谢了，我也该踏上归途。这岂不是一种各取所需的完美关系！

这次去法国住古堡，我就捧了一盆花随行。

花是在巴黎买的，两天两夜都没谢，于是我把她带着走。半途有上餐厅的机会，就给她浇点水。无微不至的照拂，换来始终笑意可掬的花颜，也为古意森森的古堡平添一份欢快鲜活的生命力。

法国乡间的花朵更是美到令人垂涎。就在前文提及的那间兼卖古董的餐厅，饭后，当众人品赏着咖啡时，我独自一人信步走到院落里，赏花去。

无论他们是刻意栽植抑或是无心插柳，整个院子的花草配色真是美极了。更遑论我遇见了我的至爱——紫藤花！

　　紫藤是法国五月的当令花朵。她总是大把大把怒放，悬垂而下，姿态宛若瀑布，其美貌不言而喻。然而紫藤花期极短，倏忽两个星期，便匆匆逝去。五月到法国，遇见紫藤的概率很高，但多半是车窗外惊鸿一瞥，且花儿的阵仗也不大。这家乡间餐厅院落中的紫藤，无拘无束地伸展着，开得是最圆满的九分，优雅又大气。我既爱紫藤若此，有幸撞见这般盛景，几乎无可遏抑地想要尖叫了。

　　厨师、店员们正在一角跷腿休息，我指指院子深处的紫藤，怯怯地问："可以让我进去细看吗？"他们爽快地答应了，对于这种唾手可得的寻常景致，心里说不定纳闷着我的兴奋究竟所为何来。

心满意足地赏完花，我们便又驱车前往下一个景点，车程相距一个多小时的另一间古堡。法国古堡何其多！我突然倦怠起来，暂时不想再去参观某位公爵与公爵夫人的生活，便跟朋友们说了，我一个人坐在外面的大树荫底下乘凉。

一个多钟头过去，他们还没出来，我也坐累了，于是起来走走。见到远处一大圈铁丝网，不少人扒住网子往里瞧，像是在围观什么。耳边隐约传来狗吠声，愈走近愈清晰……

待我走到网边，像大家一样往里探看时，只见两三百只长得一模一样的中型犬（我不知道是什么犬种），正在铁网围住的范围里又叫又疾奔。场子里还有个高起的土阶，群犬就轰轰然地跑上去，再轰轰然地跑下来。因为数量惊人，又不是小狗，场面实在有些可怕。我想这里可能是法国某种猎犬的饲育或训练中心什么的，只是每只狗都长得一样，我倒像是在古堡的领地里，无意中巧遇了高科技的复制犬了。

美丽的紫藤，野性的狗群，看来，在安全范围内的小小脱队，总为我的旅行另开了一扇惊喜之窗呢。

人情，为旅程锦上添花

在这完全没有车马喧扰的乡间古堡，我简直听得见每一片树叶的低语！

　　我这颗现代人的灵魂，若置于 19 世纪的法国古堡中，安安静静喂养两夜，会是如何一番结果？

　　五月的法国，气温只有十几摄氏度。白日阳光野艳，草木一片荣景。然而当黑夜降临，没了日光的暖度，寒意便开始伸展四肢，在枝丫间蔓延开来……

　　我躺在垂幔层层的古典床榻上，千方百计地想要睡着，无奈我的努力与睡意成反比，听觉也变得益发灵敏。别说什么"静得连一根针掉在地上都听得到"，在这完全没有车马喧扰的乡间古堡，我简直听得见每一片树叶的低语！

　　真的，因为空间太广，屋顶又挑高，静夜里的任何声息都被放大了好几倍。我的房间出奇的大，就连那完全古典装潢，摆置着四脚浴缸的浴室，也比我们寻常人家的客厅还宽敞。你可以想见我一个东方小个儿，依偎着自己想象的紧张与恐惧，蜷缩在大床上的景象。尤其更添恐怖情境的是，房里那些花色沉静的窗帘啊床幔啊，全都是巨幅尺寸，好似每一处都可以

罗切科斯城堡院子里盛开的紫藤潇洒迎客。城堡的建筑自是富丽堂皇。

轻易躲进一个人……

黑暗中，我就这么巴巴地闭眼假寐，极不情愿却又无法拒绝地听着窗外阵阵的风声，树叶互相摩挲的窸窣声，恰似一群人在我的窗外，用我听不懂的法文，窃窃私语着……

最终，倦极累极，祷告外加镇静剂，我终于沉沉睡去。

其实我对这栋罗切科斯城堡酒店的印象非常好。第一天傍晚初抵时，我们才刚踏进院子，便见一大排盛开的紫藤潇洒迎客。不但一泊二食的餐点十分精致美味，而且餐厅环境堂皇而美丽。穿戴讲究的侍者们将我们伺候得如同皇亲国戚一般，我简直就要错以为自己是古堡主人了。

我们住了两晚，总共享用了四顿美食。从第一天的晚餐起，直到要离开的那日早餐，总会见到一位法国老绅士，挂一支拐杖，孤身坐在角落。他每餐总有香槟，与服务人员熟稔到不行，吃得也很丰盛。这种度假胜地，极少看到单独旅行的人，相较于我们这六个人的大圆桌，老先生更显形单影只。我们实在好奇，又不愿探人隐私，忍到第三天早餐，要离开了，才想知道究竟。

他器宇不凡，我们因此揣测他或者正是堡主。法文流利的朋友偷偷问了侍者，这才知道原来老先生是常客，定期会到古堡一游。据闻他太太正在住院，所以老先生才无人陪伴。

老先生已高龄90岁，巧的是这天正是他的生日。我们知道了以后，

高龄 90 岁的法国老绅士，优雅的气质令人如沐春风。

立刻托侍者去问，愿不愿意让我们为他献唱一首《生日快乐》？

老先生欣然应允。于是我们六个人从座位上站起身来，无比诚挚地合唱了英文版的《生日快乐》。

果然是老绅士，见我们站着唱，他也起身站着听，听完大力鼓掌，开心之情溢于言表。我走向他，轻轻地给了他一个礼貌的 hug（拥抱）。

我回座之后，老先生走了过来，一曲《生日快乐》拉近了彼此的距离，每个人争相与这位腰不弯、背不驼、眼角不见下垂、蓝眼珠澄澈有神的 90 岁大帅哥合照。

他对我们说，太太与他同龄，今年也 90 岁了。"我这一生啊，"老先生笑得超迷人，"可就只有她一个女人哦！"接着他又补上一句，"当然啦，她也只有我这个男人啦！"

我们艳羡地笑着，心里却促狭地想：

"谁信啊？你可是个'法国男人'耶！"

老先生说，今晚有几个朋友将到古堡来帮他庆生，他已经订下了餐厅的大桌。然后他转向我，用那双迷死人的蓝眼睛看着我的眼睛说：

"我诚挚地邀请你加入。"

朋友立刻对老先生表示抱歉，我们是团体旅行，吃完早餐就必须离开。于是老先生优雅而礼貌地与我们握手道别。他一举一动都无比绅士，不做作，不刻意耍帅，也不卖弄风情，所谓如沐春风，莫过于此。

美轮美奂的，不只是古堡，不只是乡间景致，为完美旅程锦上添花的，永远是最美的人情啊！

古堡民宿的另种风情

窗开，又是满眼春末夏初的缤纷。

　　欧洲的古堡有两种：一种是富丽堂皇，宛若宫殿；一种是雅致古趣，不见皇室氛围。后者较接近"古堡民宿"的感觉。乐游好玩如我，此次法国古堡行，自然不能失之偏颇。于是，在体验了那"万物皆巨大，唯独我渺小"的荣华光景后，我们启程前往预订的另一间古堡，看看是如何一番不同的感受。

　　半路上经过的跳蚤市场乏善可陈。难得我这跳蚤热爱者可以守住荷包，甚至连往里细逛的想望都没有。友伴们兴致盎然地四处瞧着，百无聊赖间，我发现角落里有个小摊，卖着烤长面包夹牛肉，于是买来大伙儿分食，不想竟是意外的好吃。

　　这到位的点心让我蓦地想起另一样美食来——以前每次到巴黎传统市场，我总是对硕大如小甘蔗的芦笋渴慕不已，私心揣想这玩意儿不知有多么鲜润好吃。但因为行程受限，无法买来料理，只得眼睁睁放弃了它。这回可不同，正因为要去古堡民宿，我终于可以放心从巴黎买了芦笋带着走，一路上不忘替它保湿，心心念念照看着它的肥硕新鲜，只等民宿主人烹煮料理了，便可以一偿夙愿，大快朵颐。

我一口气买了两捆！

古堡民宿约有十间房间，朋友们把主人房让给了我。窗开，又是满眼春末夏初的缤纷。迥异于豪华古堡中那既霸气又艳丽的花容，这宽阔的庭院里，连树木都栽植得很自然，看来不像贵族的领地，倒似地主的庄园。只有两层楼的建筑也不会让人望之俨然。主建筑面向大门的正面，就是供旅客居住的房间。客厅、咖啡厅一径维持古典原貌，加之美丽的壁炉，气氛尤其满点。厨房旁边则连接着一排较为素朴的房舍，据称过去是仆佣房。

古堡中除了男女主人外，另有一对用人夫妻以及他们的小孩儿。仆佣夫妻各司其职，先生负责烹煮，太太负责外场招呼，整体气氛与流程都掌控得相当得宜，很有宾至如归的感觉。饭前他们还特地请我们移驾至客厅等候，在古堡里，就连吃饭也成了一项值得尊重的仪式。

只是，我不得不说——这里的食物，与前两晚投宿的豪华古堡相比，实在是——不行啊。什么都硬巴巴的、咸咸的，甚至就连餐后的糖果都不好吃！

还好——我们有芦笋！

真的，不骗你！整顿晚餐幸好有巴黎"巨无霸"芦笋坐镇，它果然跟我想象的一样好吃，让人满口生津不说，而且一人还能分到五六根呢。

春寒料峭，饭后在暖炉旁来杯柑橘茶，美事一桩啊！

在古堡民宿中维持古典原貌的客厅里啜饮着茶点，仿佛自己也成了古堡的主人。

在巴黎买的"巨无霸"芦笋，果然跟想象中一样美味！

夜宿古堡，想当然耳没什么事可做，无聊的我们便吆喝着去玩台球。我这傻瓜于是又闹了笑话：什么不好打，竟然一上场就自作聪明地把主角白球给一杆打进袋里，而且还误以为自己本事大，沾沾自喜地两手叉腰，哈哈一笑。

朋友将白球从袋里捞出来，啼笑皆非地对我说：

"小姐，这球落袋了，大家还玩什么啊？"

次日早晨，用完早膳之后，男女主人一秉初衷，优雅多礼地在门口替我们送行。古堡里那三只守护安全的褐色短毛大型犬也乖巧地随侍在一旁，体格壮硕的它们与庄园氛围真是相得益彰。

其实，这一泊二食的古堡民宿之旅，以一人160欧元（两人一室）的价位来看，如果能将"食"的标准放宽些，还是不失为一趟美好且有趣的旅程啊。

"惊""喜"巴黎行

问我为什么如此喜爱巴黎，想来，是悦目的
事物太多了。不仅仅只是法国女人优雅好看，
巴黎的小朋友也屡屡吸引我的目光呢。

每回去巴黎，我总习惯找长住当地的华人朋友当向导。他们深入法国人文精髓，知道哪里好玩，哪里好吃，哪里不会人潮汹涌。最棒的是，完全没有语言隔阂，玩起来既放心又尽兴。

2014 年 10 月，女儿邀请我到巴黎一游。选择这个我甚为喜爱的城市，足见女儿诚意满满。出发前我便已略闻她的安排：除了散步、逛街、轧马路，她还特意买了歌剧院的票，要带我这个向来喜欢沾染艺术气息的老妈看个过瘾。

我们的巴黎友人孙先生，热心地上网找了间口碑甚佳的餐厅 Restaurant David Toutain。虽不若米其林三星的菜肴细致，但更好吃。最贵的价格也只是 68 欧元。圆圆的容器，两个面包置中如蛋，周边还铺了枯草，全然是鸟巢的情境，非常诗意。有一盘主餐前的小食，被做成两根"木头"，也是放在枯草上，实在太美了！比照米其林三星餐厅，每道菜侍者都会上前解释，摆盘之美，不在话下。现场很多大老板模样的人，言行举止都像在跟自己说："赶快吃，吃完赶快回去办公。"最好玩的是，一顿午餐全

Restaurant David Toutain 的餐点摆盘精致，每道菜都令人赞叹，美味程度也不逊于米其林三星餐厅。

吃完已经快三点了，主厨刚好在门口跟人讲话，我问可否与之拍照，他立刻同意；我又问，合照是否可以让我放进书里，他也欣然应允。在大多数视自己为明星、被世界各地粉丝们簇拥的法国三星主厨中，这位名厨，真的是最平易近人的。

近年来去巴黎，渐渐偏好上中等价位的小餐馆吃饭。比如我这次吃的炖牛肉，25欧元，好吃得不得了。小馆子的菜肴都很特别，他们通常会将每天不同的菜肴用粉笔写在一个小黑板上，二十多欧元就吃得很好，还有甜点、咖啡，是一套完整的午餐。

平易近人的主厨 David Toutain。

我很喜欢买法国红萝卜与白萝卜来啃，所以朋友都说我是兔子。他们的萝卜没有土腥味，洗洗就可以吃了。个头细细的，很苗条，就像法国女人一样。其实法国女人什么都吃，红酒白酒都喝，但她们就是不胖。何况她们还喝下午茶，时不时大啖起司。秘诀似乎是：她们虽然什么都吃，但都只吃一点点。我们去任何餐厅，带着小孩儿的母亲个个一派优雅，从未见有任何孩子满场乱跑或妈妈大声呵斥的景象。

所谓教养，法国人真的是从小做起。

问我为什么如此喜爱巴黎，想来，是悦目的事物太多了。不仅仅只是法国女人优雅好看，巴黎的小朋友也屡屡吸引我的目光呢。服装与价格无关，就算是廉价品，他们也能穿出质感与个人特色。崇尚自由，颜色也没有界限。走在街上，就能感受到自由的空气。

不过，巴黎的小偷也愈来愈聪明。上本书（指《出走》）我才提过之前与女儿娃娃在戴高乐机场外的惊魂，歹徒破窗伸手进我们乘坐的车子抢劫，还好他没抢到什么，但我们母女俩受了很大的惊吓。未料这一回，我们又被盯上了。

那天，朋友孙先生开车载我们去巴黎的歌剧院。路上塞车，抵达时已近开演时间。一进剧院大厅，只见人人盛装而来，男士们西装笔挺，女士们则是小礼服或长礼服，外加皮草……衣香鬓影，衬着雕梁画栋，益显美丽。楼梯两侧都摆满了花。那种华丽古典的氛围让我一下又犯了观光客的瘾，拿着相机这拍那拍，活似刘老老进大观园。正兴奋着，女儿急急扬着手上

←拜跑错剧院之赐，让我得以一睹巴黎旧歌剧院华丽古典的氛围。
↓巴黎新歌剧院里令我感动落泪的精彩演出。

的票来找我，她惊惶地说：

"完了！我们跑错剧院了！"

会搞出这么大的乌龙，是因为现在巴黎有两家歌剧院。其中刚整修完成的是旧歌剧院，也是我一直想去朝圣的。女儿订票的时候，以为订的是旧剧院，殊不知竟是订了新的。到巴黎这两天我们玩得不亦乐乎，压根儿没想过要去查核一下戏票。

这可糗大了！女儿当初为示孝心，买的可是很贵的票。现在距离开演只剩 10 分钟，怎么办啊！

没时间耽搁了，我马上打给孙先生。好在他的车还没开远，电话那头他很贴心地要我们别慌，他这就赶回来。

好一阵折腾之后，我们终于到了正确的地点，可是上半场表演已经开始，只能在表演厅外等中场休息。

以为必定大受影响的心情，竟然奇迹似的，在看了下半场的歌剧之后，获得了完全的疗愈！虽然听不懂，但我竟然感动得掉了泪。歌剧演员声音中的情感，跨越了语言的隔阂，传达到我心深处。

看完表演，孙先生又来接我们。在回程中他才说，他今晚被巴黎的小偷给设计了！

回想起来，就在我们赶往新歌剧院的途中，突然旁边有辆出租车司机跟我们示意，说："你的轮胎被刺破啦！"孙先生一听大惊，在将我们送抵新歌剧院后，他赶忙停下来检查。因为心急，他将外套挂在驾驶座的椅背上，手机、皮夹也都在车内。结果，就这么一瞬间，全被偷了！

后来他细想，分析了前因后果，才弄通整起骗局。竟连出租车司机也是同伙。

人家为了载我们，无端惹上这不愉快的事，我心里真是过意不去，于是假借要帮朋友买手机的名义，买了新手机，然后包成礼物送给他，诚诚恳恳地说了我的歉意与弥补之心。

推辞再三，孙先生还是拗不过我的坚持，收下了。这让我好过很多。托了朋友的福，我的旅程才能在小小的惊险中化险为夷，却为朋友带来了一些始料未及的损失。这无心之过，说什么都得弥补的啊！

充满矛盾与冲突的城市

这个我去过五次的城市，论浪漫，输巴黎一大截；论亲切礼貌，远远不及东京。

伦敦啊，我该拿你怎么办才好呢？

到目前为止，在世界各地寻幽访胜，伦敦于我，始终是一个"目的性"的城市。

此话怎讲？

要不就是为去其他地方而必须借由它当转运站；要不就纯粹为了看音乐剧；再或者，一座如伦敦眼这样的地标建筑落成，朋友吆喝着得去看一看……

总之，我很少为了这英国首都的某处风景而启程，更不会受某间餐厅某道美食召唤……我必须很老实地说，这些总会诱使我踏上旅途的原因，在我眼中的伦

敦并不存在。

讲得再白一点，我觉得——伦敦不好玩！

这个我去过五次的城市，论浪漫，输巴黎一大截；论亲切礼貌，远远不及东京。

吃东西，金额高得吓人，并且没有相应的质量。

比如 2013 年 7 月时，因为所乘的游轮要在英国登船，我们一行五人索性先在伦敦待个四五日，一方面可以欣赏歌舞剧《妈妈咪呀！》；一方面让没到过伦敦的朋友们，有充裕时间到处走走、看看。殊不知荷包大失算，这在伦敦盘桓的四五天，光是吃饭就花掉我们一大笔钱。每一餐，从未少于几千台币！

问题是，我们吃的又并非什么了不得的美味珍馐。有好几次还因为怕

点套餐会太贵，只能充其量点个主餐。像有一天，我很想吃吃多年未尝的鸽子，于是到了一家百年老店，怕贵，除了一只小母鸡大小的鸽子外，其他我只敢再点一个汤、一道附菜。结果一结账，金额竟与东京、纽约的顶级餐厅一样昂贵，问题是：从餐点到服务都没那个价值。尤其是服务，无论态度、声音，感觉不到半点温度，端的就是一个不痛不痒的照章行事。我们一面掏钱一面在心里嘀咕：

"如果花同样的钱，不管在纽约、巴黎或东京，都一定能吃到更好、更物超所值的美食！"

至于伦敦眼，票价是有"附加价值"的。因为这个伦敦地标总是大排长龙，所以英国人就想了个用钱买时间的方法，一般排两三个小时是常事，可是如果你愿意多付钱（合人民币两三百元），那么大概十几二十分钟你就可以上去了。

一间舱室可以搭载几十个人，以十分缓慢的速度绕行一圈，约莫半小时。由高处俯瞰伦敦，包括大本钟、国会、泰晤士河，美景一览无遗。

伦敦的郊外很有气氛，莎士比亚故居、李士堡……相较于这城市其他种种让人不敢恭维之处，感叹之余，你只能说，英国无论如何还是一个适于展现古意的国度啊。

如果想要购物，科芬园是个十分不错的选择。那里是街头艺人、艺术家的集中地，有餐厅，也有个性小店。那回我去，在一家位于二楼的餐厅用餐，一个女生在楼下庭院里唱起歌剧《雾都孤儿》。声音不错，台风也很稳健，只可惜她的衣着与表演完全不搭轧。她穿了一件窄裙，上面配一件寻常 T 恤。穿这样唱着歌剧，我以为是，过于随便了。

此外，我还在其中一间饰品店看上一副银耳环，极简的大圈圈，特别的是耳后的部分并没有另外再加一个环扣，而是直接将愈收愈细的尾端插入圈圈里。我非常喜欢，打算买三副，自用之余还能送人。当时店里只剩下一副，店家表示，因是纯手工打造，其他两副得等数天。

我反正要去坐游轮，十余天后会重返伦敦，于是就再订了两副。我们纯粹只是口头约定，我也没付任何订金。

后来等我从游轮之旅回来，又去了那家小店。艺术家真的如约做好了另两副耳环，我开心付了钱，心里觉得真是一次愉快的购物经历。

林林总总，不一而足，我眼中的伦敦，如此这般，充满着矛盾与冲突。

在布拉格细品幸福

如今想来，那悠悠两小时，约莫是我记忆中最美的布拉格时光。

不知你是否曾有这样的经验，对一座城市的印象抑或记忆，有时会因为一部电影而重新唤起。

我对布拉格便如是。

近日看了一部西洋爱情片——《寂寞拍卖师》。主角是一位叱咤拍卖界的首席拍卖师，他年约 60 出头，有钱有权有地位，住豪宅，出入高级餐厅享顶级服务。然而这样的他却从来不识男女情爱，私人感情世界一贫如洗。

除了寂寞还是寂寞。工作中不可一世的拍卖师，却是现实生活的无能者！豪宅中一间密室，挂满他多年来从拍卖会上以不法手段收购的名画——全是女人肖像。

这是拍卖师最大的秘密：墙上每个女人，都有他对于爱欲的渴求、移情与投射。当他独坐于房间正中，环视满室软玉温香时，极尽可怜也极尽讽刺的是：没有半个真人可以与他相知相拥！

如此寂寞的身心，就算在拍卖场上怎么机关算尽，一旦涉足爱情世界，遇上特意为他设计的女色陷阱，怎可能逃脱得了？

于是，他一步步踏入情欲的圈套……心甘情愿、心荡神驰地付出一切！

当他带着满心甜蜜，暂时离开情人到伦敦出差，殊不知家中已是人去楼空；更可怕的是，那些价值连城的名画，一幅也不留地全被搬了个精光！

被榨干所有的拍卖师，历经财富浩劫、精神崩溃、住院治疗……最后，他选择相信——相信他此生唯一深爱的女人必有回头的一天，所以他天天去一家咖啡馆等，只因那里是她提过极喜爱的地点。电影结尾，但见那寂寞沧桑的男人坐在全是时钟装潢的店中，用那悲凉受创的面容，等待着不可能出现的人……

那家咖啡馆，在故事的设定里，就在布拉格。

事实上，我对布拉格的记忆，不全然是好的。

布拉格最有名的特产是琉璃与水晶。我曾在初次造访的第一天，看中一个鲜黄与鲜蓝配色的琉璃大盘，心想等旅程尾声再买不迟。没想到如意算盘打错了，待我要离城时，本来中意的盘子已经被别人买走，我不得已只好买了蓝白色。我因失去心中的第一名所爱而向隅，很是怅然若失。

布拉格当初刚开放观光时，物价并不高。我买了几十支的水晶红酒杯，刷卡付了钱，自己带走一些，另外一些请当地店家寄到台湾。然而后来的结局竟然是我望穿秋水，却始终没等到我的水晶杯！这几年讲起此事，大家莫不啧啧称奇，都说难以置信。

作家卡夫卡的故居就在布拉格，我也不免俗地去看了。小小的一栋房，

老实说，我没有太大的感觉。

有间开设在歌剧院中的餐厅，很美、很有气氛，提供季节性的料理。在我看来，价格与菜肴质量并没有成正比。不是说东西不好吃，而是以其高昂的价格与高贵的剧院装潢，理应陪衬更好的美食为是。

我也曾在一家位于教堂前的小咖啡馆闲坐良久，欣赏过往行人，细品自己的幸福。如今想来，那悠悠两小时，约莫是我记忆中最美的布拉格时光，而且，我没在等人。我的现实生活，爱人也被爱，我不是寂寞的拍卖师，我只是幸福而平凡的我！

Part 2——

非洲 · 丰盛精彩

二度非洲行，出发！

如果明知山有虎，偏向虎山行，我区区
一个黄丽穗，哪里赔得起呢？

早在 2014 年初，我便开始为同年 8 月的非洲行筹备，一面呼朋引伴，一面找合适的旅行社。

听闻此事的朋友无不充满疑惑地问：

"非洲？你不是去过啦？那么遥远落后的地方有什么好玩啊，值得你风尘仆仆地去第二次？"

我笑了，开始解释：我是去过非洲没错，然而那已是八年前的事了。八年！即便是文明都市，尚且不知有如何巨大的变迁，何况是日日物竞天择的非洲大地。

朋友们于是接着说，都怪我上本书《出走》，用了那么多篇幅书写非洲，且篇篇活灵活现，从斑马、红鹤写到热气球；从马萨伊族写到英国女王。直觉非洲种种都被我写遍了，而且——哪里看得出我说的是八年前的事呢。

老实说，不是我写得好，实在是非洲大地太精彩！也正因如此，我更不能不趁着自己还玩得动的时候，再去一趟，感受这世界最原始、最炙热的生命力。

然而，好事多磨。此行前，先是西非爆发了可怕的埃博拉病毒；再来，世界各地"机瘟"频传，且就在我们预订出发日的前不久，澎湖发生空难……哀悼、心伤之际，我对于这一趟的非洲行，愈来愈裹足不前。我所"招兵买马"的八人，有亲人，有好友。如果明知山有虎，偏向虎山行，我区区一个黄丽穗，哪里赔得起呢？

出发前几天的某个晚上，我辗转反侧，怎么也睡不着。耐不住焦虑，顾不得是半夜，我打给导游，劈头便问：

"对不起，如果现在退团，我们可以拿回多少旅费？"

"现在？"导游一听，惺忪的睡意全给吓没了，"马上就要出发了，当然一毛也不能退啊！"

唉！箭在弦上，不得不发。我们这群虔诚的教友，只能靠着信仰给自己力量。去就去吧，如果真有危险，老天一定会先给我们警示的。

于是，忐忑中带着期待，我们如期出发了。

一路，平安顺利。

当我们结束旅程，我拖着疲惫的身躯回到家中时，我的心，满得要溢出来！这一趟非洲之旅，其丰盛精彩，远远超过了八年前的初行。那片广阔无垠的非洲大地，以绝妙绝美之姿，展现在我们这群来自文明社会的凡夫俗子面前。

于我，更大的抚慰是：我向自己证明了，无畏于年纪，原来我仍然可以旅行！本来因为先前五月一趟北极行，几乎半程以上都在生病，致使许多景点只能眼睁睁地看着别人赏玩。这让我对自己的体能信心全失，很是沮丧，心想以后恐怕再也无法长途旅行，岂不哀哉！殊不知颠簸的非洲之旅，我是如此活蹦乱跳，也对非洲极大的昼夜温差适应良好。自非洲返台，我的信心大增。爱玩如我，只要还能动、还能旅行，人生就是彩色的！

我们究竟在非洲看到了什么，感受到了什么，且容我在其后的篇幅，娓娓向您道来。

动物领地暂借住

我才刚从浴室出来，抬眼便见三只壮硕
的狒狒正在偷取桌上的水果！

　　进入非洲大地，我们这群旅人便是全然的外来者，在动物的世界里，谦卑且谨慎地求取一个短暂而安全的停留。

　　日日夜夜，无论是乘着四轮驱动车出去追访兽迹，抑或是在夜幕降临前返回住宿地点，我们无时无刻不被野生动物包围着。姑且先不说白日里那刻意的寻索，光是在不同的投宿处一次次出其不意的相遇，有时惊吓，有时感动，也有时是一种……忐忑的等待。

　　抵达非洲之后的首夜，我们住在一处 villa（公寓）。次日一早，我起床进浴室刷牙，只不过几分钟而已，小客厅里竟已闯进了不速之客……

　　我才刚从浴室出来，抬眼便见三只壮硕的狒狒正在偷取桌上的水果！

　　我向来最不喜猴类，尤其畏惧狒狒。本来以为住在 villa 很安全，压根儿没想过动物还能登堂入室。这一惊非同小可。我怔了一秒，立刻大叫！想来真的是受了惊吓，嗓门全开，声音大到连那些狒狒也吓到了，它们拔腿就跑。又大概因为柠檬太酸，它们咬了一口便弃置在半路。

隐身在自然环境之间的树屋，除了不破坏环境，也兼顾了旅人的安全。

下一分钟的景象是：我站在客厅，惊魂甫定；外面不远处的围墙上，好几只狒狒蹲踞着，排成一排，全盯着我瞧。我与狒狒，狒狒与我，便这样互盯着，恍若时空定格。

下一秒，我飞也似的把所有门窗都关上了！

可怕吧？

另有几夜，我们住的是树屋。这些树屋有的直接架设在粗大的枝丫间；有的则是倚靠着树干，傍树而筑，所以高低错落，但大抵均建在一个至少三米高、不受动物侵扰的安全高度。

讲气氛，无疑满点。你想想，如果不是因为人在非洲，你一生有多少可能会住在一间——在你拾阶而上，身处阳台地板后，必须回身将地板上

为因应自然环境，树屋经常呈现出有趣的样貌。

的门洞关起，以防止动物入侵的树屋呢。

而更精彩的是，我们的树屋所在地，其实是象群的领地。

某天晚上，当我们在主树屋的 lobby（休息室，门厅）用完晚膳，要回各自的树屋休息时，走着走着，最前面的当地领路人突然止步，回头对我们低语：

"闪边！"

原来，在我们这群城市乡巴佬完全无知无觉之际，领路人早已注意到远远的地方有大象。在象群的领地里"借住"，出于安全的考虑，也为了表示对主人的尊重，我们当然应该谦逊，应该让路，切不可与之发生正面冲突。

只宜远观，不宜惊扰的象群。

于是，我们绕了老大一圈儿，避开大象，这才回到了自己的树屋。

我的朋友非常幸运，她住的树屋较我的低些。她坐在客厅，客厅外有个小小的阳台。她说，一只象就站在阳台边，一动也不动，她感觉象在盯着她瞧。她说：

"真的近到……我连它的睫毛都可以一根根数出来！"

羡煞我也！

朋友得天独厚的"面面象觑"令人艳羡，然而我的夜半经历，也是说出来难以取信。我千真万确地在昏寐的半夜里，听到有大象靠近我的树屋，我清楚地听见它浊重的呼吸声。因为害怕它顶坏树屋，我睡得甚是惴惴不安。

可恼的是，次日说起，没人信我，居然都说我在做梦！

文明旅人的大考验

非洲大地，原始荒僻，对我们女生来说，
如厕自然成了最大问题。

　　非洲旅行，绝对是对旅人体能的极大考验。

　　首先，是昼夜极大的温差。清晨与夜晚，冷到得穿羽绒服；白天，却又高温蒸腾，烈日直射发肤。连我这自恃有经验的，都小看了非洲的烈日，自以为擦了防晒，戴了手套，应该是万无一失了，结果还是被狠狠晒黑，手背的皮肤足足养了一个月才白回来。

　　晚上，因为太冷，被窝里都被预先放入了铁皮制、外覆以布套的热水袋。即便如此，我每每钻进床榻之际还是冷得打哆嗦。尤其住在帐篷里时，更是感到确切的寒凉。

　　而全球气候的剧烈变迁，就连非洲大地的雨也受到了影响。此次我们造访的时节应该是旱季，却仍然有雨，而且是不容小觑的大雨。我的感受是：与其说是"下"雨，倒不如说老天在"倒"雨更为贴切。暴雨倾泻，瞬时又说停就停，立刻放晴。就在某天的暴雨过后，我见到了这辈子所看过最美的彩虹。

　　此生第一次，霓与虹同时在我眼前出现。它们形成双彩虹，横跨在非洲原野的地平线上，美得令人感恩，美得令人屏息！

因为范围太大，通过相机的观景窗几乎无法看到全貌，除非退到远处，然而太远又会看不清楚。

多年的旅游经验里，我始终以为在尼亚加拉大瀑布上看到的彩虹是最美的。当时有壮阔的水汽相衬，氤氲迷茫中更显虹桥的浪漫。但人生中难以意料的惊喜实在太多了，我怎么想得到，多年后，在荒僻的非洲草原，能有幸见到更胜北美奇景的东非霓虹呢。

我买了一条马萨伊人常披裹在肩上的那种大红披肩，美金 10 元。原意只是为了御寒，买了以后才发现它的用途还真不少：全棉的材质，既厚实又挡风保暖；有时甚至可当毯子；最意外的收获是当门帘，遮羞用。

非洲大地，原始荒僻，对我们女生来说，如厕自然成了最大问题。有了红披肩之后，有天我灵机一动，跟友人说："来，一人拉一边，面向外面。"披肩立时成了最好的遮蔽物。每当我们有人要小解，先是当地备有武装的向导会去草丛附近探查一番，以免有野兽躲藏。确定安全了，女生们就在我的红披肩的遮掩下，解决内急。

只是，要这些文明娇客蹲在野生动物环伺的大地上，毫无顾忌地"放怀解放"，还真不是件易事呢。每个人一开始几乎都是在披肩那头，为难地说：

"哎哟，尿不出来啊！"

颠簸的路途也是考验。每天坐在四轮驱动车里，为了带我们争睹动物，

横跨在非洲原野的地平线上，我此生所见最美的彩虹。

开车的当地向导艺高人胆大，总是一听无线电对讲机说有什么好景，便铆足了劲儿追。我们常常在车里随着路况东倒西歪，不抓紧的话，很容易便会弄得鼻青脸肿。

有一天，行经一处大窟窿，一个老大的颠簸，我从座位上被弹了起来，硬生生摔在朋友身上。痛当然是痛的，但还好我与朋友都没受什么伤。揉揉撞到的地方，爬起来重新归位。朋友说，还好座位上没什么尖角或铁杆钢条一类的危险物件，也没有扶手，不然我少说肋骨也得弄断好几根。

饭后不能刷牙则是另一件必须强迫自己适应的不便。此事与"随地尿

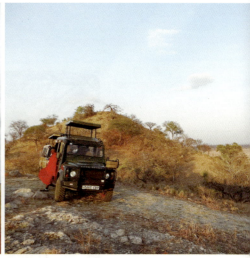

搭乘四轮驱动车在颠簸的路上奔驰，也是非洲旅行的一大考验。

尿"，算是旅人们在非洲大地上，不学会便难以融入、享受旅行的"虽微小却兹事体大"的关键。

快乐旅行，我的鞋也影响深远。大伙儿多半穿着球鞋趴趴走，唯独我穿了一双平底的短皮靴。因为非洲到处是沙土，就连关紧的行李箱里都能进沙，所以只有我的脚能保持干净清爽。脚舒服了，身体自然也跟着轻松。

这一趟非洲回来，我感恩，我窃喜，我为自己还能无视于被高度文明娇养惯了的身体，大胆出走，放眼世界，而再次惜福谢天。

亲眼看到"物竞天择"的戏码

眼前的万兽之王，翻转肚腹，如一只大
猫般在草上蹭着腻着。

你知道花豹跟猎豹怎么区分吗？

我承认，此刻写着这句话的自己，是有难掩的骄傲的。因为，我不是边看着屏幕上 Discovery 探索频道的画面边向你提问，我是甫自真实的非洲大地归来，用亲眼见识的知识，问着读者们。

未去非洲之前，我也不知道这两种体型、姿态，乃至习性几乎都极为近似的野生动物，有两处明显的区别。

一是毛皮的花纹：花豹身上的圆圈是空心的，也就是圈圈中间有洞；猎豹的圈圈是满的、实心的。

再来是"眼线"，也有人称之为"法令纹"，这个深具野性象征的特色则为猎豹专属。

一望无际的东非原野，物竞天择的戏码日日在眼前搬演。有一天，我们的四轮驱动车停在一具骨肉敞裂的角马尸首旁，因为太近，朋友冷不防被一阵浓烈的血腥味冲入鼻腔，呛得她直嚷：

"好腥！好腥！"

正在大快朵颐猎物的公狮，血淋淋的气势令人生畏。

我什么也闻不到，本来只为了防晒而戴着不脱的大口罩，意料之外地替我阻隔了残忍的气味。

不是有照片为证，你恐怕也很难想象，相距仅咫尺，一只正在大快朵颐的公狮，大口大口撕嚼着鲜肉，那野蛮且血淋淋的气势，让人望而生畏。

吃饱的公狮就在草丛中四脚朝天地打盹儿休息着。在车里的我们当然不能放过这大好机会，快门按个不停。看着观景窗里的画面，连我们自己都深觉不可思议……眼前的万兽之王，翻转肚腹，如一只大猫般在草上蹭着腻着，而且不是被关在动物园的栅栏里，它是在最原始的领地上。

狮子的社会严守阶级制度。母狮负责打猎，公狮则职司守卫。捕获猎物，一定是为首的公狮先吃，然后才是其他幼狮、母狮们依序进食。有天我们还万分难得地遇上了三只疑似"流浪"的公狮。

先是见到一只施施然地往前行，没多久又看见第二只，妙的是两只都腆个鼓鼓的大肚皮，显然已经吃饱了。车往它们的来处开，只见第三只公狮正埋首在猎物的肚腹间大快朵颐。我猜想这三只被群体驱逐的流浪狮必定合作猎食，而后再依阶级决定吃饭的顺序。排最后的那个，当然地位最低啦。

公狮的独占性强，一个狮群如果本来为首的那只被打败，它的后代会被"篡位者"咬死，只因新狮王要留下的是自己的基因。说到此，敝人我还因为不识野兽习性，在转眼之间错失了"偷窥"良机。

那天，才刚见一只公狮趴上母狮的背，我好整以暇地等待，还来不及

难得一见的狮子交配镜头，还真是"稍纵即逝"啊！

调好焦距呢，就听到大伙儿说："看完啰，要走啰！"

"啊？"我一愣，"没啦？"

一心以为有好戏看的我，殊不知，狮子交配时间只有短短 3 秒，每隔十几分钟就做一次，发情期也只有两到三天。

这真的出乎我这凡夫俗子的预料。想不到强壮如斯，贵为万兽之王的狮子的鱼水之欢，竟是如此的"稍纵即逝"啊！

猎捕镜头，精彩上演！

大自然真的无时不在履践环保。我在非洲、在原野上，从未见半块肉被浪费。

"欸，一定又有什么精彩的了！"

我用手肘顶顶坐在身边的朋友，朝那位正用马萨伊土语叽里呱啦讲着无线对讲机的司机努努嘴，瞧他那兴奋的态势，百分之百又是"好康道相报"（闽南语，意思是"有不错的要让大家知道"）啦。

果不其然，司机放下对讲机，说了句：

"各位，坐稳啰！"

我们的四轮驱动车便如脱缰野马般弹射了出去。

每每遇到这样的情况，当我们这两台车赶抵现场时，同时间通常有七八部车也已闻讯前来。大家当然都为了一睹只有在非洲大地才能见到的难能景象，在车里既兴奋又略感紧张地期待着。

我们见到一只成年猎豹慢条斯理地缓步前行，姿态极之优雅。接着，它压低身形，匍匐前行……众人正为它迷人的独孤风采而倾倒……倏忽，它却一跃而起，就像一支脱弦的箭，朝前方飞出！

它的目标似是远处那只尚不知大难临头的母鹿啊。

亲眼看到猎豹从寻找猎
物、发动攻势到捕获小
鹿跑走的过程，所有人
都兴奋极了！

我们还来不及屏息呢，突然间，一只懵懂的小鹿莽莽撞撞不知打哪儿蹿了出来。哎呀，这可惨了，对猎豹来说，焉有放弃嘴边肉的道理？果然它轻松咬住小鹿咽喉，一溜烟跑了。

我们这一车的人唏嘘扼腕，司机却又语气兴奋地说：

"我们去追！"

分秒不得迟延，为了追豹，他方向盘一扭，便将四轮驱动车开离了规定的道路，转上了没有车辙痕迹的草地。

这可是违反当地法令的。但当时大家的情绪都太激动，根本没注意到车子开进了不该开进的领域。

我们尾随着奔腾的猎豹，感叹着小鹿的绝命。司机向导说，那样一只小鹿不够豹子吃饱，只够它塞牙缝。不过，扑杀一只自己送上门的弱小猎物，于猎豹而言简直就是探囊取物。如果今天猎豹按照"原订计划"将母鹿当正餐，那它可得耗去大半的体力与时间。成鹿跑得超快，逃命时更甚。猎豹虽然爆发力十足，但不能疾速奔跑太久，否则它们会因身体过热而死。所以眼下这番局面，猎豹吃得少些，却省了体力。

大自然真的无时不在履践环保。我在非洲、在原野上，从未见半块肉被浪费。每每地面上的四足猛兽吃完它们要的，秃鹰旋即接手，清个干干净净。

这恐怕也是文明世界里丰衣足食却总不自觉在浪费的我们，该好好向大自然学习的地方吧。

　　我们的大动作被躲在一旁的警察发现了。违规的代价是：两台车，共罚款 250 美金。

　　不过，能亲眼见到那一辈子不太可能再见第二次的景象，我们仍不禁庆幸自己的幸运。

秃鹰等着接手猛兽吃过的动物尸体，半块肉都不浪费。

为求生存，只能残忍

说来似乎残忍，但这就是非洲大地——一个
实践"物竞天择"最为彻底、没得商量的地方。

非洲大地上，险象环生，生命自是脆弱的。然而，也正因活着不易，更加突显了生命的坚韧。

不是只有人类如此，野生动物们为了求存，一样得使出浑身解数，挣一口肉吃，得一口水喝。在坦桑尼亚旱季来临时，狮子就直接等在水洼或水塘旁，以守株待兔的方式让前去喝水的动物们几乎等于送死。

喝不到水，一样活不成，所以只能冒死一搏！

就算是身居食物链顶端的狮子，实在没办法了，也得群体合作，猎杀体型巨大的非洲象。象皮既厚又粗，难以下口，所以据悉狮子们都是攻击象鼻，那是象的罩门，一失守象就玩完了。

猎豹为了让自己的小孩儿有能力独自生活，有时会捉一只小鹿给小豹"玩"。初时或许不见杀机，小豹毕竟年幼……然而玩着玩着，野性的本能逐渐显露，扑杀的技巧于焉获得。

说来似乎残忍，但这就是非洲大地——一个实践"物竞天择"最为彻底、没得商量的地方。

猎豹将吃不完的猎物拖上树"储存"，并亲自看守的画面，教人难忘。

事实上，即便像猎豹这样牙利体健、疾如风又凶狠孤傲的猛兽，当它们捕获了猎物，如果不马上吃，还是得先拖上树"储存"着。若任其躺在地面，很快就会被长相丑怪、总以狡诈残暴闻名的鬣狗抢了去。

我们在非洲，曾经连续两日看到同一株大树上，搭挂着一只已经气绝的小斑马。

第一天，枝叶掩映间，独见小斑马那了无生意的四肢，在树的枝干上垂挂着，兀自散发着死亡的气息。

次日，树上多了一只猎豹，隔着一段距离，看守着它的食物。那样的画面委实难得，大伙儿纷纷举起相机，就怕错失了什么，但距离真的有点太远，遑论还有树叶的遮挡。司机向导看看我们，促狭地说：

"我来违规一下！"一溜烟就转出了该走的车道。

　　他只是开近那棵树，让我们可以拍得清楚，达成目的后，旋即离开。在警察还没发现我们违规之前，又回到了车道上。

　　看到、拍到猛兽与它的猎物共处一树，是难能的天赐。但也有那种我一心以为一定能看到，信誓旦旦地带朋友到了现场，却是今不如昔的场面。

　　八年前的非洲行，无法计数的红鹤如环湖缎带般，让我惊艳又感动。所以这次带着这群从未到过非洲的亲友们再访，红鹤的震撼便是我最想重现的经历。

　　然而当我们巴巴地到了湖边……

　　没有红鹤！

　　怎么会这样？

　　本来，红鹤最红处乃翅膀展开时腋下露出的正红色，身体其他部分则

是粉红的。每年它们飞来湖边就为了吃湖中生长的一种藻类，吃了身体便会变红。然而今年非洲大雨，湖水暴涨，红鹤们吃不到这种藻，只得迁往他处。

原来如此！

数以百万计的候鸟为了生存，不也是在"物竞天择"的章法下，谋取能够平安展翅的一方天地吗？

马萨伊族女性的笑与泪

这群孩子分别由 10 个妈妈所生。而他们的爸爸，却是同一人。

在东非，对马萨伊人而言，白花花的银两远不及牛来得吸引人。牛，就是财富；牛，就是地位。

20 头牛，娶一个老婆。

马萨伊人住得极为简陋。泥土盖筑的房舍，家无长物。我们去参观他们的村子，走进其中一间泥土屋，只见房内就一张大床，一堆小孩儿全挤睡在那张床上。

这群孩子分别由 10 个妈妈所生。而他们的爸爸，却是同一人。

这位现年 84 岁的马萨伊男子，听说拥有 500 头牛，足见是个有钱人。娶了 10 任太太，女人们住在一起，连吃饭也是每个人都煮，然后大家分食。

女人在马萨伊族里地位卑微，甚至没有性自主权。在马萨伊，施行女性的"割礼"早已是一项传统。极之残忍与鄙视的割礼，说穿了就是在婴儿时期将女性的阴蒂割除，让她们此生无法享受性的欢愉，只能沦为男人泄欲与为其生养下一代的工具。

非洲原始部落卫生条件堪忧，正因如此，施行割礼之后的女婴极易感

马萨伊人虽然住得简陋，但个性乐观直率，自制的工艺品缤纷多彩，令人打心眼儿里喜欢。

染，造成死亡。

当我们听闻他们所谓的"行房"时，心中涌起的是一种无法置喙的感慨。

当一家之主有欲望时，他会在女人们睡觉处（事实上，太太们就睡在孩子们的旁边），透过栏杆上的小洞，做个记号，当晚就跟他选中的太太做爱。

这让我不由得想到原野上的狮子。

约莫正是对马萨伊女人的悲悯，当我们在村落里时，我几次三番想要拍下母亲与襁褓中婴儿的照片。有位马萨伊母亲，背上背着一个黑眼珠滴溜转的小婴儿，那感觉甚是动人。然而每当我举起相机时，小婴儿的头便低下，将脸埋进母亲背后，以致我始终拍不到心中理想的母子合影。

而马萨伊人天性乐观，大人小孩儿无人对照相羞赧，每拍一张照片大家都饶有兴味地挤过来看，看了相机中的画面又笑个没完。直率的性情与举止，让我们这些戴惯了面具、穿惯了防护盔甲的文明人，真是打心眼儿里喜欢。

此番与我同行的小女儿在贩卖马萨伊人自制工艺品的摊位上，为我买了条项链，十足当地风采：缤纷的小彩珠，一颗颗地缝在一圈不知是什么动物的皮革上；下面垂缀着小珠珠，底端再缀之以银色三角形的小铁片。非常特别，非常非洲，非常容易让人想起那些马萨伊母亲在东非艳阳下的笑与泪！

攸关生命存续的壮烈奋斗

无以计数的角马挤满了悬崖，我们屏息
以待……

　　从前的我对于动物大迁徙的认知十分浅薄，总以为所谓"逐水草而居"，
不过就是动物们随季节更迭，绕着圈圈在移动。这里的草吃完了，再往下
一处去……那画面很安静、很平和，如此而已。

　　其实我错得离谱。

　　真正的动物大迁徙，是千军万马的，是惊心动魄的，是为了求存而必
须付出生命代价的。古时将军带兵，"破釜沉舟"以断退路、以示决心。
对非洲大草原上的野生动物来说，大自然的残酷正如已然无用的"釜"与
"舟"。动物们是以团体行动在大跃进，跟着"领头羊"走。它们知道，
不前进，唯死路一条。生命的进程随时都在"蓄势待发"。

　　那一天，我们乘坐的四轮驱动车因为受限于当地法律规定，停在一定
距离之外。对岸的悬崖上，一场攸关生命存续的壮烈奋斗即将展开……

　　无以计数的角马挤满了悬崖，我们屏息以待……因为只要第一只角马
没有跳，后面的大军就不会跟进。而当地的律法规定，在第一只动物尚未
跃下之前，游客们是不能接近河岸的。

无以计数的角马在"领头羊"的带领下，即将展开一场攸关生命存续的壮烈奋斗。

角马们必须冒着生命危险，跃下悬崖，涉水过河，若无法通过考验，就只有死路一条。

　　据说，有人等了一周，始终没有等到（就像我八年前那一趟非洲之旅，也是什么都无缘见识）……

　　正紧张着，突然，我们的车像支箭般咻一下飞射了出去。原来，第一只角马跳下去了！

　　在第一时间赶抵河边的我们，以最清楚、最直接的视野，见识了生命的坚韧、伟大与无畏。

　　角马们前仆后继地跃下丈深的悬崖。有些压坠在前面还来不及爬起的同伴身上；有些一着地便摔得昏死过去；还有些则是跌断了骨头，再也无法起身；只要能够移动的，就算跛行，莫不铆足全力，奋勇前进。

　　它们必须涉水过河。经历崖边的挣扎，沾上了泥土，角马的足下变得湿滑，更加深了渡河的危险。而河中还有其他威胁：躲过了湍急的河水，未必躲得过凶猛的鳄鱼（那些无法过河的残弱角马，当然更不用说了，泰半会成为鳄鱼群的腹中食）……

过了河、上了岸、抖甩掉身上的河水，这才算真正通过了考验，抓住了生命存续的契机。

我们安坐于车内，目睹着这一切，心中的感动与震撼，在满眶的泪水中不言而喻。

前一天还嚷着因为满坑满谷的动物数量太多，让她有"恶心感"的朋友，这会儿也红着眼睛说：

"我再也不会说它们恶心了！"

不是亲眼见证奋斗的历程，又怎会有如此透彻的体悟！我们何其幸运，在大地之上、在自然面前，有过这样臣服于生命的体验。

野生大地的奇妙经历

半夜，我的帐篷顶上有着络绎不绝的脚步声……

很多事，我想我这辈子，恐怕再难经历了。

只因这些奇妙的经历全发生在非洲野生大地上。

半夜，我的帐篷顶上有着络绎不绝的脚步声……一会儿吧嗒吧嗒冲过来，一会儿又吧嗒吧嗒跑过去……声响之大，真的让人难以成眠。野兔与猴子可不管你旅途疲惫，困得要死，它们精力旺盛，搞不好正在追着玩儿呢。更何况，严格说起来，人家才是主人，我们这群来自文明社会的城市乡巴佬，借住在动物们的地盘上，有什么资格抱怨啊。

凌晨四时，在星星的目送下，我们离开被窝去搭乘热气球。坐在四轮驱动车上朝外看，草原上，神秘的黑如一层纱，轻轻覆着大地。车灯一扫过，突见两三只公狮躺在那儿……向我们看来的眼睛射出红光，一片漆黑中尤其凶猛骇人。

都说在夜间看到狮踪非常不易，可见我们何其幸运。

我也看到了荆棘。中间一大坨是果实，也是蚂蚁的窝。周边围绕的尖刺可以阻止鹿直接吃到果实，于是鹿会伸出舌头舔食，但它只要一舔，就

↑在夜间看见狮子，非常不易！

原来，这就是荆棘。→

会被蚂蚁叮咬。自然界的共生机制、互惠状态，真的非常奇妙而有趣。而寡闻如我，这才明白，久闻其名，甚至常在文学作品中见到的这两个字——荆棘，原来生得如此模样。

还有那一条让人难以忘怀的"河马河"。放眼望去，河面上一块一块宛如大石的突出物，其实全是河马的背。

除了"壮观"，我真的很难想到其他的形容词。

那一日，我们有一个小时的"地上狩猎"，其实主要的行程就是近距离看河马。

↑河面上一块块宛如大石的突出物，其实全是河马的背。

→树屋 lobby 前的大水池边放了岩盐，吸引动物们前来。

　　所谓"地上"，表明了我们要步行。这可不是开玩笑的事，我们是步行在残酷的非洲大地上；我们是没有向动物们申请许可、不请自来的不速之客；我们是活生生的"美食"。若不谦恭、自保，主人们可是不需要对我们讲任何礼数的。

　　于是，大家乖乖地排成一直列。为首的是荷着长枪的当地向导，中间是我们这些旅客，殿后保护的则是另一名荷枪实弹的当地人。

　　那样的队伍在非洲烈日下行走，想必像极了电影画面吧。

　　夜宿树屋时，每吃完晚餐，大伙儿便在向导的护送下回到各自的房间。这看来浪漫的一段路，实则仍是危机四伏，半点轻忽不得。走在最前面的向导总是拿着手电筒，对着架高的树屋下方，万分仔细地照看再三，就怕有猛兽蛰伏其间。

　　说来其实矛盾：他们一方面怕我们受动物惊扰，一方面却又希望我们能看到更多动物。他们在树屋 lobby 前不远处设了一处大水池，

在残酷的非洲大地上进行"地上狩猎"，虽然前后各有一位荷枪实弹的当地人保护，但我们心中仍然十分忐忑。

且在池边放上岩盐。为了顺应身体的需求，动物们自会前来喝水与舔食岩盐，旅人们便能借此大饱眼福。然而说穿了，这其实是违反环保的。

在非洲，我唯一拒绝看的，是蟒蛇。

某日，在阿鲁沙的森林里，大伙儿拿着望远镜兴奋万分地抬头，往一棵参天大树上猛瞧。我生怕错失了什么精彩，赶忙问：

"看什么？看什么？"

"蟒蛇啊！那边有好大的蟒蛇欤！"

我一听，鸡皮疙瘩立马窜了全身，头也不回就往车上走。我最怕蛇了，何况是蟒蛇。

此刻，安坐在书桌前，书写着这一切非洲印象的我，与在非洲大地上的自己相较，真是哑然失笑，说不出的奇妙啊。

一只豹的完美演出

那只豹，就在车顶上。而车里那貌似一
家人的西方游客，僵坐着，动也不敢动。

那只豹，旁若无人地踞立着。

一举手、一投足，除了优雅美丽，根本找不到更合适的形容词。睥睨的眼神就像是在说：

"本大王才不管你们要看多久！我爱怎么样就怎么样，这是我的地盘！"

此刻它足下踩着的"地盘"，不是青草原野，不是绿荫树梢，是一台跟我们所乘一模一样的四轮驱动车！那只豹，就在车顶上。而车里那貌似一家人的西方游客，僵坐着，动也不敢动。生怕大气一喘，那美丽却残酷的生物一时心血来潮，探进车里找吃的……

别说那一家人了，即便是隔着安全距离，安坐在其他四轮驱动车上的各国游客们（包括我在内），紧盯着车顶上的那只豹，大家也是屏气凝神，紧张得要命哪。

我一面看着那台车上的人，一面暗想："如果我身处其中，真不知会吓成什么模样了。"

那部车上的爸爸，竟大胆地从天窗露出身子来反拍一直拍摄他们的人群。

　　车上的那位爸爸，既紧张、惊惧又无奈。在只能等待的过程中，想来是被围绕在周边的相机、手机、录像机给拍烦了，只见他拿起手机来，开始反拍我们。

　　这景象有种说不出的吊诡。

　　他们看不到猛兽的举动，也猜不到它下一步要做什么……更难受的是，因为"托了那只豹的福"，还得成为别人镜头下的焦点。

　　话说回来，豹子的所有姿态无一不美，真是连我这美姿美仪老师都要甘拜下风。即便只是静止不动，它那昂着头、不可一世、舍我其谁的风范，也绝不是我们渺小人类可以随便东施效颦的。

　　空气凝结着。

豹子终于起身，跃下，慢慢踱步离开，完成了一场完美的演出。

　　突然，豹子动了。它先是起身，小心翼翼地探出前脚，慢慢地从车顶跳到引擎盖上；然后，又停住，若有所思⋯⋯

　　真是折腾人啊！

　　终于，它跃下了引擎盖，几乎是悄无声息地落了地。就像为了一场有始有终的表演似的，豹子走到草地上，蹲伏下来，打个滚儿，走了！

　　挥挥兽足，不带走一片云彩。

乐天知命的马萨伊人

他们非常开心，接过可乐，二话不说便用一口
好牙直接咬开瓶盖，仰头咕噜咕噜灌起来。

这一次，我从非洲带回来一只"长颈
鹿"。

彩色的"长颈鹿"！

它大概 25 厘米高，斑斓、结实、体
态优美。虽然是手工摆饰品，但无论乍看
抑或细瞧，均可看出作者对野生动物的深
刻了解：这只长颈鹿的骨架、肌肉、身形
比例，完全在写实范围内忠实呈现。

它是未受过任何美术教育的马萨伊人
的作品。

材质是塑料拖鞋！

来自文明世界的塑料拖鞋（就像我们
常见的蓝白拖）被游客们随意弃置，这对
自然环境是多大的危害！于是非洲人将无

在设备简陋的工作室，马萨伊人却发挥创意，用游客随意丢弃的塑料拖鞋，制作出如此斑斓、优美的手工摆饰品。

以计数的拖鞋集中起来，处理后用那些彩色的塑料做成各种动物。我买的算是小 size（尺寸），其他还有立地型的大件雕塑。

　　我们被带去参观设备简陋的露天工作室。做着这些手工艺品的马萨伊人，戴着口罩，聊胜于无地防护着空气中的有毒物质。

　　其实我最喜欢的，是马萨伊人的乐天知命，还有他们毫不扭怩作态的举止。有时我们在路上看到披着红色披肩的马萨伊人在牧牛，手持一根木杖的他们见到族人，必定会停下来，打个招呼，寒暄几句。

　　有一天，我们的车开着开着，又遇见了 4 个牧牛的马萨伊人。我们停下来，4 个人站在车边跟我们的司机向导聊着天，我看着他们黝黑的皮肤、开朗的笑容以及那一口每个马萨伊人都有的雪白牙齿……突然想起《上帝

东方女孩儿又直又亮的头发竟引发马萨伊人强烈的好奇心，他们围着女孩儿，抚摸她的头发，并争相与她合影。这点小事便能令他们如此快乐。

也疯狂》这部电影来。

车上的小冰箱里有冰得凉凉的玻璃瓶装可乐，我请朋友拿出4瓶，递给4位牧牛人。

他们非常开心，接过可乐，二话不说便用一口好牙直接咬开瓶盖，仰头咕噜咕噜灌起来。我坐在车里，看着阳光下他们黝黑的脸，那乐观开朗、易为小事快乐的单纯，真的令我好生羡慕。

我们这支九个人的亲友团里，有个同年暑假前甫自小学毕业的小小少女。她留着一头又直又亮的长发，没想到在马萨伊人的眼中，竟成了"奇珍异兽"。小孩子们围着她瞧，大人们也好奇得不得了，就连学校老师都要跟她合照。

其实想想也难怪，马萨伊女人不分年纪，清一色全是贴着头皮的褐黑短鬈发。东方人又直又长的一头秀发，当然稀有又珍奇啦。

在非洲大地上，在马萨伊人面前，我那原本在城市生活中累积的烦躁郁闷，好似一天天减轻了重量，渐渐变得微不足道起来……

透过艺术，与非洲永葆联结

此去经年，小树已然绿盖亭亭，昔日植树

以纪念爱人的凯伦也早已不在人世……

　　早年看电影《走出非洲》，为剧中梅丽尔·斯特里普与罗伯特·雷德福的多舛爱情落泪，为那蛮荒大地上的浪漫人生折服，甚至买了原声带反复谛听那震撼人心的旋律……

　　我唯一没想过的是，此生居然有一日我可以进入剧中人的屋宇，亲眼见到真正的故事主人翁曾经的生活痕迹。

　　更没想到，真实人生中的女主角凯伦·布里克森（Karen Blixen），竟比当年诠释她的梅丽尔·斯特里普还要美丽且优雅！

　　此番非洲行的最后一日，我们回到了东非大城市内罗毕，参观凯伦故居改装的博物馆。在凯伦身后，她的故居便被捐赠给了东非政府，保留了一切原貌。美丽却质朴的大房子，从庭院到内室都散发着浓浓

电影《走出非洲》的真实女主角凯伦的故居。当年她为纪念爱人所种植的小树苗，如今已长成大树。

真实人生中的凯伦，比饰演她的梅丽尔·斯特里普还
要美丽优雅。

　　的人文气息。女主人才华横溢，她的画尤其让人一见难忘。

　　在入口玄关处挂了两幅巨幅油画人像，都是凯伦描绘的她的非洲家仆。

浓浓的感情透出画布，聚焦于画中人的眼神。那般强大的力量让我深受震慑。油画人像并非"形似"就好，灵魂才是成就杰作的关键元素。

当年，凯伦的恋人（即罗伯特·雷德福所饰角色）驾驶小飞机不幸坠毁罹难，凯伦悲痛逾恒，而后在能遥望坠机点的地方种下一棵树苗。此去经年，小树已然绿盖亭亭，昔日植树以纪念爱人的凯伦也早已不在人世……然而，美丽动人的故事却未曾随着岁月远去。正如凯伦留下的画作中令人不忍或忘的真挚，曾在非洲大地挥洒的生命热爱，再久的岁月也无法洗去。

艺术的力量真的是超越国界。我们离开非洲前的最后一餐被安排在一处美丽的庭园餐厅。用餐区周围的树荫下放置了许多画作，据闻都是非洲当地艺术家的作品。我自学画以来，看画的眼光日渐不同于以往。浏览一圈儿后，其中三幅画作吸引了我的注意。充满原始魅力的用色与笔触以及那种唯有当地人才有办法诠释的非洲灵魂，让我毫不犹豫地掏钱买下。

回国后过了一段时间我才将三幅画作展开来，再次欣赏。那幅马萨伊女人背着小孩儿的作品，等于一圆我当时相机快门错失的珍贵画面。孩子的脸是转过来的，而不是埋在母亲的大红斗篷里。

至于另一幅更具张力的女性人像，画中的马萨伊妇女显然非常年轻，她裸露的胸部线条坚挺，但毫不色情也不见猥亵。黝黑的脸上是坚毅又倔强的神情，头顶着食物，生命与生存的力量在日常动作间流泻。

买下斑马那一幅则是因为艳如血色的红，它让我联想到非洲的夕阳。

感谢这些美丽的艺术，因为它们，我与非洲大地的联结永不中断！

画中头顶食物的非洲妇女极具生命力。

Part 3——

极地·绝美景观

消失中的阿拉斯加冰河

导游说，光是一年之间，棉田豪冰河的冰缘就已倒退了 400 米……

没踏出家门，没离开自己的"舒适圈"，你恐怕会跟以前的我一样，老觉得电视上那些有关全球变暖的报道似乎过于危言耸听。然而，等你真的踏上阿拉斯加，亲眼见到本该覆着厚厚白雪与万年冰河的群山，东一块西一块地露出被销蚀的土地……

那景象，宛如美人脸上花了的残妆，让人感到分外不舍与悲凉。

这种时刻你只会惊诧，全球变暖的程度其实远比电视报道的更严重！

多年前，当我首度造访哈勃冰河时，那庞然的冰壁立在眼前，是多么仰之弥高。近几年，它们却以惊人的速度在变矮。今年再见，冰壁竟然只剩几层楼的高度，我看在眼里，心中难过得不得了。

以前去，从船上见到冰块如巨石般滚落，我满心赞叹，就连冰块入海的声音都是轰然巨响，听来甚是壮观；现在去，眼见一样的场面，却是一种悲伤的心情，冰块落海也小声得多，我只觉舍不得。

导游说，光是一年之间，棉田豪冰河的冰缘就已倒退了 400 米……如果你没概念那是多长的距离，想想吧，133 层楼！冰缘就是往后销蚀了那

本该有大块的浮冰，如今却只有稀稀落落的小块浮冰，足见全球变暖程度之严重。

么远。

　　游览哈勃冰河是不能上岸的。乘坐的船只愈小，就愈可以靠近了看，只是，小船当然比不上大船舒服。此外，还得看气候条件，像我几年前去，方圆百里全都是雾，什么都看不到。

　　正因为冰河迢迢，造访不易，驶进海湾之后，船只会停留2个小时以上，以便游客可以细览绝景；并且以非常缓慢的速度绕行转圈，好让所有乘客都能欣赏到一样的景色。

　　当大家坐在船尾的餐厅里，一面吃喝着，一面对着船舷外的景物发出不知是惊叹抑或惋惜的声音时，我思忖着：这些来自世界各地的地球人究竟知不知道，我们这个地球村还剩多少美景可以珍惜呢？

雪中奔驰的快感

紧抓着身侧的握把，哈士奇们奋力疾奔
的背影在我前方此起彼伏。

白茫茫的雪地上，两只哈士奇正在闹别扭。

它们没有发出吓人的吠叫声，但不时龇牙咧嘴，还作势用壮硕厚实的肩胛互相推搡撞击，有点像坏小孩儿闹事，打架的态势似乎一触即发……正紧张着，一旁有位戴着雪地墨镜的男士出声呵斥，两只猛犬立时安静了下来。

我默默看着，心里其实有点小忐忑……"别意见不合啊！"我心想。不为别的，它们可是待会儿即将担任我们车夫的其中两员大将呢。

没错，此刻我正兴奋地等待着我的阿拉斯加新体验——乘坐哈士奇拉的雪橇！

此番已是我第八度踏上阿拉斯加，向来自认对这块大地极之钟爱的我，几乎什么都玩过看过尝试过了，就是没坐过雪橇。这在电影上看来万分酷炫刺激的活动，真要亲身体验，好像还得仰赖那么点莽夫的冲劲，比如之前兴奋得吵吵嚷嚷、跃跃欲试的妹妹，就突然面有难色地临阵打了退堂鼓。

坐雪橇的规矩不少。首先，工作人员会检视你的太阳镜，一般都必须

再加挂一副他们提供的防雪护目镜，否则雪地上强烈的阳光反射可不是开玩笑的。本来我以为自己也得照做，想不到我的配备竟然因为镜片够厚，合格了。

再者，雪橇速度很快，乘客又等于完全暴露于外，所以必须清楚自己的身体状况能否负担才行。

一架雪橇只能坐三个人，我的小胆一遇上玩便开窍，于是我自告奋勇坐最前端，后面则是两位亲友。尾端两位站得直挺挺的年轻人，男生负责驾驭狗群（就是刚刚让两只哈士奇低头的那位），女生则职司方向的控制。同时间有多队在准备，狗儿们蓄势待发。当前面的队伍抵达某个定点时，排序在其后的队伍才能出发。

一切就绪，工作人员再三叮嘱"手要抓紧"。然后，咻的一声，我们

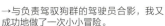
→与负责驾驭狗群的驾驶员合影，我又成功地做了一次小小冒险。

↓拉雪橇的狗儿就一只只住在画面右方的小屋里。

像箭一般射了出去！

　　真的很快，比我想象中更加风驰电掣。阿拉斯加的风在我耳边嘶吼，忘了戴手套的双手顾不得疼，紧抓着身侧的握把，哈士奇们奋力疾奔的背影在我前方此起彼伏，崎岖不平的雪地让这疾速的旅程因为颠簸而更添冒险情致。

　　好好玩、好特别、好刺激、好精彩！

　　征服了自己的恐惧，还有什么比这更具成就感？照片中的我难掩那种"我是不是帅呆啦"的得意。

　　一场雪橇之旅，我平安且意气风发地归来了。在安全的界限之内，我这莽夫又为自己的人生重添了一笔小小冒险史。

"荒芜"大地，我的最爱

举目四望，防波堤，树梢，黄嘴白头的老鹰此一只彼一只地伫立着。

你坐过一路开进水里的巴士吗？

阿拉斯加的凯契根就有这么一种名为"Ketchikan Duck Tour"的行程。黄色的车身——我戏称它为"水鸭子"——满载着观光客，陆地上开着开着，行至岸边，竟然顺理成章就下了水。

虽然事先知情，但由车变船的当下，还是十分令人惊喜。尤其当瞬间从坚实的路面陷入温软的水波中时，车身传来的那种轻微晃漾感，真的挺奇妙的。

只见大家在座位上不安分地左顾右盼，一颗颗人头忙不迭地扭来扭去。因为两岸的美景实在漂亮，让人目不暇接。

随车导游舌灿莲花地不停介绍着两侧风光，每每这种时候，我又不免在心中慨叹，谁教自己年少不读书，老大徒伤悲啊。如果我英文好些，不劳人翻译，可以听懂导游说什么，岂不更增游兴？

举目四望，防波堤，树梢，黄嘴白头的老鹰此一只彼一只地伫立着。这种鹰是美国国鸟，睥睨昂藏的姿态很是美丽。多年前公公还在世时，先

被我戏称为"水鸭子"的水陆两用车。

生与我带他来阿拉斯加游览。公公对于这几乎动不动就看到的猛禽，并不像一般游客那么买账，他总是用一种"你们不要少见多怪"的语气说：

"不就是老鹰吗？我们小时候在乡下常常看到啊，有什么好稀奇的！"

其实，公公您有所不知：老鹰也分很多种的。

这种全名为"白头海雕"的巨型老鹰是一种食鱼鹰，原本便只盛产于北美洲，近年更如同这世上许多其他的美丽动物一般，也面临着灭绝的威胁，现在几乎只集中于阿拉斯加呢。

一只成年的白头鹰据闻体长可达近一米。想想看，一只鸟能有那般庞大的身形，看起来有多么剽悍且不可一世。它代表着勇猛、力量与胜利。对于总是居于世界龙头老大地位的美国来说，恐怕还真没有第二种鸟类比

如今几乎只集中在阿拉斯加的美国国鸟：白头海雕。

它更适合被选作它的国鸟了。

犹记得第一次到阿拉斯加时，我还没踏下船，眼见一片"荒芜"大地，半点"先进、好玩"的迹象也没有，心里实在难掩失望。我心想：

"怎么这么荒凉啊？"

哪里想得到：斯土斯景，竟在我首次造访之后，成为这世上我最爱的所在。至今已重游八次，仍未见倦怠！

人们总问我，阿拉斯加到底有何魅力能让我一再重游。其实，光是那里永远提供最清新的空气，就非世界其他地方可以比拟。加上无法预知的

大自然景象，每次都能带给我不同的惊喜。例如，有一次我从苏厄德港搭乘巴士回安克雷奇途中，竟意外看见满山遍野的野花，仿佛上帝编织的花毯。另一次，我在一个小镇里漫步，看见小溪中竟满是洄游的鲑鱼。而我每次去赏鲸，也都有不同的体验。阿拉斯加的美如此变化多端，你说，怎能教人不着迷呢？

"除此无他"的独特纪念

没有我的命令，这两个漂亮的小家伙哪儿也不会去。

我养了两只青蛙。

它们身长约15厘米，一只绿，一只红，皮肤隐隐透着近似金属的光泽。绿色的那只，脚蹼是鲜蓝色；而红色蛙周身长着圈圈花纹，脚蹼则是黑色的。将它们抓在手上，又冰又沉；放在桌上，两只小蛙便会野性十足地恣意伸展着四肢……

有时在家请客，它们也会上桌。我喜欢从庭院里剪取一些花草，再铺设几颗小石子，让青蛙们栖伏其间，餐桌便因此饶富野趣。客人见了，总是惊叹再三，连连称赞："好漂亮！"而且都会忍不住想伸手摸摸它们。但两只小蛙狂野的姿态只是装模作样而已，没有我的命令，这两个漂亮的小家伙哪儿也不会去。

因为它们俩是铜铸的。多年前我购自阿拉斯加。

一只250美金的铜铸青蛙是全世界仅此一家、别无分号的阿拉斯加艺术家的精心之作。也就是说，只要出了阿拉斯加那间艺术家小店，我就再也买不到这种独特的精品。

买来的时候，两只小蛙都附着精美的灯芯绒手袋，绿蛙配着绿袋，红蛙则装在黑袋里，袋口还有长长的绳穗将之束起，足见艺术家之用心。从物品本身到包装，无一不是艺术。

整个阿拉斯加本来就都是小镇，不是什么大城市，在这样的地方挖宝当然愈特别、愈值得。

更久以前我还买过两个陶偶，一哭一笑、都是坐姿的因纽特娃娃，它们至今还在我的浴缸旁坐着，无论白天夜晚，无论衬着天光还是夜色，都既特别又饶有风情。

早年我初访斯土，也曾着迷于一般观光客不会错过的当地特产，比如大大小小的捕梦网，从摆设到小饰品，买得十分过瘾。

四件购自阿拉斯加的纪念品都极为独特且饶富风情。

但是后来，因为深深钟情于这世间的难能净土，我想要从当地带回的纪念品渐渐变得与人不同。

想想，你漂洋过海，到了如此遥远的阿拉斯加，你要买的东西，难道不该深具地方色彩？我的意思是，你难道不该把钱花在"除此无他"之处？

那么，当你结束旅程回到家中，检视行李时，那随着你漂洋过海回来的，方才是一份经得起时间考验的、独一无二的纪念啊。

难忘的病中旅行

这澡不洗还好，一洗反而大意失荆州！

远从 20 余岁开始旅行起，数十年来，我几乎未曾在旅途中生过病。我总是非常小心，无论饮食、衣着，向来要求自己必须健健康康地旅行。就这样兢兢业业了一辈子，不想竟失守在北极。

这一趟从芬兰切入。半夜，我们自台北登上飞机，经过十二三个小时的长途飞行，抵达芬兰首都赫尔辛基。在机上我已隐隐觉得发冷，喉咙有点疼，俨然是感冒初期的症状。在赫尔辛基下机后，马不停蹄的行程于焉展开。先是转机至芬兰北方的罗凡米尼机场，然后再搭车才能抵达北极博物馆，一路舟车劳顿。参观北极博物馆时，那圆圆的建筑、拱廊，一开始还能让我转移注意力，认真地拍照。可是到了后来，我已经累到只想坐在椅子上，半点路也无法多走，甚至央求游览车先将我送回饭店休息。

起初我还不以为意，一方面自恃已有两次极地经验，再者，衣物也绝对足够御寒。自忖也许洗个热水澡，小小的不适或可消失。

结果，这澡不洗还好，一洗反而大意失荆州！

因为气温极低（零下 23℃），又是在极地，回到饭店，我心想，焉有

摆了姿势与最爱的雪上摩托车合照，其实我已经严重感冒中。

不享受个芬兰浴（桑拿）的道理？而且既是感冒嘛，蒸出一身汗，想必能好上大半。于是我舒舒服服地洗了澡，也蒸了个热乎乎的桑拿。这才想起浴袍忘了带进来，只好就这么跑进房间拿浴袍。

前后不过几秒的时间，当我一接触到浴室外落差极大的冷空气时，瞬间冷到像被冰寒之气钻入了骨头，心中惊呼："完了！"

这一洗，真真雪上加霜。

接下来的行程，我的症状一天比一天严重。

第二天可以搭乘驯鹿拉的雪橇，我坐了，小小绕行了一圈儿。我最爱的帅气十足的雪上摩托车，我没敢坐，也不会骑，装模作样摆了姿势拍照，纯过干瘾。

更惨的是，同团旅客中竟然没有半个医生。我的朋友行前去看牙医，

在冰原上体验浮冰的感觉是非常有趣的活动，
我也只能眼睁睁地看着别人玩。

带了医生开给她预防牙痛的红霉素出国，冰天雪地的北极，我只得暂时以此缓解不适。然而毕竟是抗生素，吃了以后，感冒发炎的情况是控制住了，但我开始镇日昏昏沉沉，没力气，没食欲。很多预订行程只能眼睁睁看人家去玩，自己完全不敢参与。

比如，第三天我们乘坐破冰船出海，所有旅客都穿上了救生衣。当船行驶到冰洋上某处时，停船。大家鱼贯爬下楼梯，走上冰原。冰原上有个被凿开的圆洞，这些旅客们就像下水饺似的，一个一个被放到奇寒无比的海水中。因为有特制的浮水衣，沉不下去，人们借此体会浮冰的感觉。偶尔有人漂远了，立时就会被工作人员用根长长的钩杆给钩回来。

我正感冒着，哪敢下去当"浮冰"，怕不成肺炎才怪。只能待在船上，居高临下地看人家玩。

又比如，大伙儿去坐哈士奇拉的雪橇，我赶紧安慰自己：还好还好，我在阿拉斯加坐过了。

冰上垂钓，我没敢去。钓鱼要守候、等待，我也怕会再度受寒，心里还很酸葡萄地想：

"反正你们一定钓不到！"

千里迢迢来此，却因为生病玩不了，真是让我这爱玩的心不甘极了。

幸运的是，我终究见到了北极光。否则，恐怕捶胸顿足加扼腕也不足以形容我的憾恨吧。

终于亲炙北极光

那样的绿该怎么形容呢？澄碧如湖水，又似玉玺宝石；有时耀眼明亮，有时又影影绰绰、忽隐忽现。

有人说，彩虹是上帝与人的盟记。

2014年3月，在终于看过极光之后，我想说，那令人惊叹的景象应该才是造物主为世间万物所展示的，更为深刻的印记吧！

雨后彩虹，随处便可得见。

北极光，却是得亲临北极，必须气候佳（白天必须晴空万里）、季节对，天时地利；人呢，也得运气够好，才有缘有幸得以亲炙奇景。

渺小的我便是跑了三趟北极（前两趟记述于前书《出走》里，于此不再赘述），这才终于感天动地，见着了极光啊。

此番我仍然选择跟随旅行团，这也是我对大家衷心的建议。北极大地绝不似一般旅游胜地，万不可小觑、不可儿戏。到那样的荒郊野外、冰天雪地中旅行，跟团，一来人多安全；二来住宿、交通都不必操心，且可保有一定品质。

为看极光，我们最后两天住的是圆形的玻璃雪屋。房屋的上半部（包括屋顶）是透明的，下半部则被布围起来，从外面平视的角度看不见床，

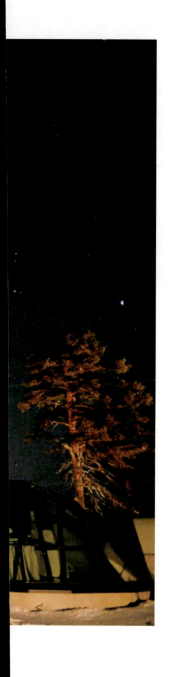

基本上仍保有一定程度的隐私。屋内有暖气，温度还算适宜。

这样的雪屋里没有浴室，只设置了一个马桶。对一个女人来说，在上半截是透明的屋子里如厕，实在是难以安心。还好聪明的小辈想到了我的两个旅行箱，拿它们来加强防护，刚刚好。

极光，晚上9点多就出现了！

小辈迫不及待地跑到我的房门口，嘭嘭嘭地敲门，嘴里嚷着："极光！极光！"当下我根本忘了感冒生病这回事，见了眼前奇景，兴奋得与小辈抱在一起，在雪地上又蹦又跳。

真是最好的报偿！真是值得了！

持续了三四十分钟的极光，一开始先是从树梢，隐隐约约、白蒙蒙的，似团团薄纱凝聚，而后慢慢显现颜色……

那样的绿该怎么形容呢？澄碧如湖水，又似玉玺宝石；有时耀眼明亮，有时又影影绰绰、忽隐忽现。我们还看到了一丁点紫色，但它不多时又转绿。听说还曾出现过红色的极光，但十分罕见。

　　已经够幸运了，夫复何求啊！

　　其实，当我躺在雪屋的床上，视线穿透玻璃屋顶，仰望那不受光害遮蔽、满天大得吓人的星斗时，心中所受的感动丝毫不亚于亲炙北极光所带来的震撼。

　　千里万里跑来北极的人，包括我在内，谁不是为了极光而启程？谁又会赋予同等的关注与感恩在星星身上？这让我想到早年住在台北花园新城时，曾见过天边的星辰，一大片一大片，群聚于好几处。在漆黑的夜空中，那些星辰如银河，如云朵，整片漫延……细细小小，微微渺渺，却又无边浩瀚，美得令人屏息。

　　"三顾茅庐"，终是让我见着了极光。然而在惊叹与感动之外，我心中更油然生起对宇宙的敬畏。世界之大、自然万物之珍贵，绝不能任一己私利一意孤行。我虔诚虚心地向天地学习，但愿我有颗柔软的心，懂得随时接受恩典，只有这样方能看见这世间所有难能的美丽。

芬兰记趣

我向来崇拜鲸鱼，深爱它们，尊敬它们。要我吃它们，哪怕只是一丁点，我都没办法。

在芬兰，不去圣诞老人村看看是不是很奇怪？

但是看了以后，我的失望却又令自己有些后悔。好像原本的美好幻想——那个彩色气球被戳破了似的。

怎么说……整个圣诞老人村弄得太像度假营，反而不见古典浪漫的情致。感觉热闹有余，但精彩不足。我尤其"同情"扮演圣诞老人的那位先生。要见圣诞老人得经过长长的走道、爬坡、上楼梯……千辛万苦之后，圣诞老人又是一而再、再而三的"呵呵呵"地笑个不停……

我都替他累了！

还有件小插曲也让我对圣诞老人村的印象扣了分。当时我学着其他观光客，买了张十足当地风格的明信片，写了些话语寄给自己，未料已经逾半年了，我的明信片依旧杳无音信。

同行的朋友们为体验地道的北欧风情，吃了驯鹿肉，我没勇气尝鲜，只能听人描述。每个人说的都不太一样，有人形容不太出来，有人则说像

牛肉。若以驯鹿体型来看，口感像牛肉应该是颇为正确的描述吧。

倒是驯鹿肉让我想起十几年前另一桩无法举箸的事例来。

十几年前我初次到北欧旅行，兴致勃勃地与朋友逛了当地的集市。集市里有摊位卖着鲸鱼肉，朋友耐不住好奇，说想买一小块来尝尝。我马上忙不迭地摇手，说我绝对不吃。

我向来崇拜鲸鱼，深爱它们，尊敬它们。要我吃它们，哪怕只是一丁点，我都没办法。

看了我坚持的态度，听了我的心情，朋友也不吃了。

芬兰人在外形上不若荷兰人高大，皮肤多半非常白皙，也有很多人是金发。北欧人热爱阳光，只要出太阳，从来不放过，就是铆起来拼命晒。

像我这样一个坚持"一白遮三丑"的东方人，对太阳避之唯恐不及。老实说，我实在很想撑阳伞，但又壮不起胆子，因为实在太土。

犹记得，有一年我搭的邮轮驶过北欧峡湾。天气非常好，阳光白花花的。船上的我穿着T恤、背心。当船慢慢接近城镇时，清清楚楚看到在岸上趴着晒太阳的北欧男女，白得惊人的肤色让他们看起来活像一条条正做着日光浴的白带鱼。而且，为了让身体的每一寸肌肤都能均匀地晒到太阳，他们还会适时翻转，更像白带鱼了。

船安静地驶过。

整个世界都是安静的，之于游客的我们，或之于当地人

的他们。那一刻，世界真是无比温暖、无比平和。我终于能体会各国佳丽最喜欢在选美时说的那一句话了：

World Peace！（愿世界和平！）

Part 4——

美加・知性文明

错失许久的缅因之美

那音效很是震撼，绝非人工所能企及。

大自然果真还是无可匹敌啊！

　　虽然去过美国多次，但我始终与缅因州不熟。纽约、加州（指加利福尼亚州）这些广受大家欢迎或传颂的名地，总是先入为主地占去我绝大多数的旅美版图。

　　因为这样，我竟从来不知缅因州是那么美。

　　说实话，从前我一直以为缅因州是个鸟不生蛋之地，反正美国那么大，数十里渺无人烟的地方有很多……我于是就这么无知地误解着，直到此番因为搭乘游轮，得以到缅因一游，才得以破除迷思，见识她的美丽。

　　缅因州是个几乎没什么高楼大厦的地方。我们去的时节正好，红色、黄色的树叶在风中招展，美得令人目不暇接。我一面贪心地不停拍着照，一面既是懊恼又是庆幸地想着自己竟错过了好景如此之久。

　　船只能停一天，怎么够？

　　尤有甚者，前一天当我们还在波士顿时，就听闻所有的政府机关都因为正进行罢工而关门。兹事体大，因为这一日预计造访的缅因州阿卡迪亚国家公园（Acadia National Park），我们搞不清它是不是也隶属于公家单位。

红叶季节的缅因州，美得令人目不暇接。

要是它没开，我们这一群不远千里、漂洋过海而来的"老外"，可真不是只有"可惜"两字可以形容了。

我倒是将"既来之，则安之"的旅游哲学发挥得淋漓尽致。明明也担心白跑一趟，我却在前一天，故作潇洒地对大伙儿说：

"说不定它明天就开放了啊。"

想不到，我还真说对了！我们去的那一天，真的是该名胜复工的第一日。连园内开游览巴士的司机都因为太开心，一路上频频说着笑话。他说关园已有很长一段时日，他每天都在担心饭碗不保，而今再度开放，重拾工作的快乐溢于言表。

阿卡迪亚国家公园占地辽阔，沿途风光明媚。

雷声洞的景观与音效都令人叹为观止。

阿卡迪亚国家公园占地非常辽阔，沿途风光明媚，红黄的秋叶惹得满眼斑斓……有一处胜景"雷声洞"，也在这国家公园的腹地内。海浪打进山洞，轰隆隆的声响犹如雷声低鸣，那音效很是震撼，绝非人工所能企及。大自然果真还是无可匹敌啊！

雷声洞在近海处，得走阶梯下去。我向来小心，倒是女儿，硬生生摔了一跤。幸运的是，没伤到任何部位，只是她惊魂甫定，心情受的影响比身体大。

她跌倒的时候我并不在现场，因为我上洗手间去了。走出厕所没几步，便赫见满地落英缤纷，铺满桃红色花瓣的道路美极了。我一惊艳，自然又

随手拍下的落英缤纷，是我相当满意的一张照片。

是拿起手机拍个没完。

　　而此番"失足"已经不是女儿第一次在旅途中摔跤。前些年我们去米兰，才刚下飞机没多久，她就扭到脚了。而且那次是扭伤，若处理不当，所有行程都只得作废。我急中生智，马上找了家咖啡馆，烦请人家提供一包冰，立刻帮女儿冰敷。这处置非常有效，否则第二天她的脚怕是会肿到连路也走不了，那可怎么办。

　　回头看这旅行即景：女儿在国家公园里摔了无伤大雅的一跤；我在国家公园里则是因为上洗手间，意外赚得美景一幅。对我们母女来说，也算是一次难忘的纪念吧。

最高学府的丰美之旅

老实说，这是我买过的最特别也最具意义的巧克力了。

我眼中的哈佛校园充斥着俊男美女。

好吧，也许我这傻观光客的理论失之偏颇。但以随机抽样来看，至少那一天，当我与女儿在优美的哈佛校园里，无论是散步还是闲坐休憩，举目所见，真的不骗你，几乎尽是男的帅、女的漂亮啊。

或者换个角度想，因为教育所获致的知识与内涵，真会在潜移默化中改变人的容貌吧。

"这就是'哈佛脸'吗？"我们半开玩笑地打趣着。

正说着，一位年轻的金发女孩儿缓步走过我们眼前。她拄着拐杖，一手将手机举在非常靠近脸的正前方，很明显是位视障人士。

在身体不方便的情况下还能进入世界顶尖学府就读，可以想见她这一路不足为外人道的艰辛。我与女儿默默注视着她经过，那样一个走在哈佛校园的身影，看起来真是十分美丽。

哈佛校园广袤，我们随意走着，看到宽广如小礼堂的大教室；也看到很多精致简约，只能容纳七八人的小型空间，想来是为了研究所的学生上

充满学术气息的哈佛校园与麻省理工学院校园。

课所用。

哈佛校园周边有许多小商店，贩卖着哈佛相关商品。比如印着"Harvard"字样的棉质T恤，材质较为厚实的冬季帽T、夹克。这些纪念品不贵、不俗，且有名校光环加持，买回来送小辈永远都很受欢迎。

然后，我们又去了另一名校——麻省理工学院。

进入校园不久，我们便见到远处有一群学生在义卖巧克力，金额不限，所得会捐助癌症研究团体，几个年轻人正奋力疾呼。我与女儿在校园各处参观了一圈儿出来，约莫已过了三四个钟头，只见他们还在声嘶力竭地喊着，认真得不得了，努力的模样让我很是敬佩。我放下10美金，学生们一面说着"谢谢"，一面笑容可掬地递给我一条巧克力。

老实说，这是我买过的最特别也最具意义的巧克力了。

滋味如何已完全不重要，因为它是在旅程中买的，在麻省理工买的，

麻省理工学院里卖力义卖巧克力的学生，为我平凡的旅程增添了意义。

向学生买的，因义卖而买的。

　　为了理想付出热情的莘莘学子，在我眼中简直如同大明星一样深具迷人魅力，所以我像个影迷似的要求跟他们合影留念。

　　我喜欢这样深具意义的邂逅，我平凡的旅程因此而美丽。

　　一直以来，我始终借由旅行，体验"行万里路胜读万卷书"的另类学习。而如今，也因为旅行，我得以进入世上受万人景仰、欣羡、向往的两间最高学府参观游历。这短暂的浸淫在我的人生成绩单上，注记了多么丰美的一笔啊。

做客温哥华

海上飘来的薄雾就这么堂而皇之地穿窗入户，如梦似幻地飘过我眼前。

多年前，我曾到一个定居加拿大的小辈家做客，盘桓了 10 天左右。

她住在温哥华北部（一般简称"北温"），虽然地处平地，却是左傍海、右临山，坐拥世间难得的美景。所谓"临海"，不是地产广告的那种遥遥相望，而是大海真的就在她家门前，常可见到山岚如面纱一般笼罩着海面。某天下午，我躺在客厅沙发上假寐，海上飘来的薄雾就这么堂而皇之地穿窗入户，如梦似幻地飘过我眼前。我怔怔躺着，当下的感觉真是——

美到想喊"救命"啊！

难怪温哥华会被《读者文摘》票选为全世界最适于居住的城市了。

朋友家附近是一栋栋外观各异的房子，大家全是开门见海。你能想象吗？海星就像一朵朵花似的，开在自家阳台下的沙滩、海水上。我每天从朋友家出门散步，顺着小径慢慢走，一路尽是海景、山景，黄昏时分尤其享受。家家户户的花草好像栽植得很随意，却又美不胜收。

市区则是另一种精心规划设计的美。几乎每街每巷都整洁优雅，住宅区的小路更是漂亮又安全，因为用成排的树木做人车分道。外侧仅供车行，

内侧则是行人专用。车道宽阔得足供两台大型房车交会。秋天的温哥华美得霸气。想象那些大如手掌的叶片，粉红、淡绿、娇黄，五颜六色，在秋风中恣意招展着。

加拿大枫一旦转红是完全不客气的，艳红得彻头彻尾。这与日本红叶的委婉细腻迥然不同。

有位出版社的朋友，妻小住在北温小山上，住家附近全是树。加拿大对环保极之重视，绿地普及率令人艳羡。有次闲聊，朋友说浣熊老是跑进他家后院吃家中狗儿的食物，不然就是翻倒垃圾桶找寻厨余。我听了无知地直嚷："浣熊耶，好棒！"殊不知，朋友们对这些野生动物的行径可是气得要命哪。

温哥华除了美景自然天成外，城市的方便性也是一大诱人因素。因为温哥华不大，所以到哪儿都很方便。它也不若东京、纽约或巴黎，没有满街充斥的名牌，反而有许多独具特色的艺术家小店。

温哥华人很少穿戴名牌，他们多半穿戴简单却又不失时尚、优雅。我个人很钟爱当地的皮衣，只要去了，总会买一件。有个很潮的街区，仓库改建的，二三线的牌子蛮多，其中既有平价服饰，也有一件一万多台币（合人民币两三千元）的洋装。

若谈到吃，近年我很喜欢一家海鲜餐厅——Blue Water。它的价位中等，有很不错的寿司吧，握寿司、生鱼片、龙虾、生蚝、烤鱼、清酒，应有尽有。西餐也很棒，尤其生蚝，叫个一打，配白酒，人生的美味与满足啊，还能怎么奢求？重点是，东西好吃又不贵，职是之故，同一趟行程中，我便去光顾了两次。

这就是我所体验的温哥华。奇妙的是，尽管它再美、再好，当我流连数日，准备打包行李回台北的家时，仍旧雀跃万分。只因自己知道，旅行的初衷，终究是为了——回家。

我和我的影子。

幸福就在伸手可及处

一只小鸟飞过来,停在窗缘上,它看看我,
丝毫没有怕生的样子。

维多利亚是个安静、美丽、不浮夸的小岛。

它隶属于加拿大,岛上建筑比温哥华的还要古老。多年前,我纯以旅游目的造访时,也曾像大多数的游人一般,为它著名的布查花园惊艳不已。这几年因为有小辈在那儿念书,为了参加姊妹俩的毕业典礼,前后又去了两次,我因此昵称为"毕业旅行"。目的不同反而得以接触它不一样的面貌。

旧地重游的好处是:你已经有了既定印象,当旅游指南上那些非去不可的景点已不再对你构成压力时,你自然就会多出很多时间与眼界,可以容下更多深度的、实际的、有关当地的景致或人情。

有一年6月的"毕旅",

布查花园的美景令人惊艳。

我先是投宿岛上的帝后饭店，它位于市政府旁，是典型的维多利亚式建筑。厚厚的墙面覆满爬山虎，绿意满眼，又有一种沉潜静滞的氛围。

早餐时，我简单地选取了吐司、奶油、果酱，带了一本书，落座在一扇小小的窗户边。不一会儿，一只小鸟飞过来，停在窗缘上，它看看我，丝毫没有怕生的样子，接着便低头用它小巧的鸟喙，自顾自地在我面前整理起羽毛来。

我盯着那丁点儿大的身影，全然被这场意外的邂逅给征服了，忘了自己手上还有书。

小鸟停留了好久，我也看了它好久。托了一只小动物的福，平凡的早餐也变得幸福起来。

与小辈们见面的下午，我们环坐在面海的露台上。凉风习习，树影婆娑。

阳光透过叶片的间隙，在地板上浮漾出细腻的碎影。大家说说笑笑，心情轻松得不得了。虽然身为长辈，但我当时满溢的幸福感却让自己觉得年轻了好几岁。那晚我们就在饭店的餐厅吃日本料理，道道深具创意的美食更像个完美的句点。

众里寻他千百度，幸福其实就在伸手可及处。

次日便是毕业典礼。一早，我坐上朋友的车，六月的加拿大已是艳阳高照，逼得本来坐在前座的我不得已换到后座躲太阳。想不到那日阳光似乎打定了主意要跟着我，我往哪儿移，它就往哪儿照！极怕晒的我已经戴了遮阳帽和丝巾了，还得撑把黑色小伞，在车里东躲西藏的，那画面如果不巧被人瞧见，想来真够经典的。

至于我亲爱的朋友呢，竟然也跟卫星导航系统铆上了。只见她不断对着 GPS 自言自语："是左转吗？""啊！错了错了！"有趣程度恐怕不遑多让。

我们足足开了两小时才抵达！

然而终究是一切圆满：我参与了毕业典礼的进行，看到毕业生们开心地彼此拥抱祝贺，亲眼见到他们将方帽抛向天空。又一次幸福的实现，在这安静美丽的维多利亚岛。

帝后饭店沉潜静滞的氛围使人在平凡的日子里也能感觉幸福。

享受一座城市的不同风貌

上次去正是枫红时节，漫天秋枫舞秋风
的景象，深深镌刻在我的脑海中。

　　一座城市，无论造访多少次，感觉从来不会一样。时间隔得愈久，季节愈是有所差异，同一座城市所能呈现的不同风貌，愈是会远超出你的想象。

　　身为一个旅行者，我便如此这般乐此不疲的，在短暂的旅程中，享受着城市带给我的惊喜与冲击。

　　魁北克便是让我感受极明显差异的地方。

　　由于行程的安排，每回我在魁北克停留的时间都很短。上次去正是枫红时节，漫天秋枫舞秋风的景象，深深镌刻在我的脑海中。只见一条并不长的小马路上栽植着两排枫树。路小，所以树很近。叶片的颜色缤纷热闹，粉红、黄、绿、正红……其中又以嫣红色占最大比例。美景当前，浪漫充盈于空气之中。

　　我们下船，在岸边一排贩卖纪念品的小店里逛着。所谓"纪念品"，对我来说，一概大同小异。我向来不喜与人竞逐那些"大家都一样"的东西，所以逛起来兴趣缺缺、百无聊赖。

然而有件饰物却吸引了我的目光。

那是一条项链，天蓝衬橘红，极之活泼大胆的配色，我一见便想到以色列。一问，果然老板是以色列人。

我买下那条美丽的项链，心中已有了搭配的蓝图。我的家居服多半是素朴的长衫裙，而且非灰即白，衬上这愉悦明亮的饰品，即便是居家素颜，想必也能有赏心悦目的效果。

若是出外，这样的项链容易喧宾夺主。说得直接点，就是太"呛"了！

此回再访魁北克，一样是搭乘游轮，但路线不同。我们的船要进港前，经过以前从未去过的圣安妮峡谷。我们远远便看到一座巍峨的古堡，原来那就是大名鼎鼎的古堡饭店。从岸边望去，真是气势雄伟，美轮美奂。然而真等上了岸，趋前细瞧，又觉似乎还好。

我一心想要再去一趟那间以色列小店，但因为停靠的不是相同的地方，后来搭车好不容易回到之前的码头，却因商店增加太多，怎么也找不到了。

我们一行八人，分开行动。有人忙着去加拿大国民品牌 Roots 店血拼；我呢，一怕人多场合，二是没什么好买，于是与女儿进了一家路边的咖啡馆。它位于一个小公园旁，很有一种闲适的氛围。最特别的是，人家可是公元1640 年就开店了呢！

我点了冷天里自己最爱的饮品——热巧克力。喝到一半，这才赫然想起还没拍照。赶紧拍下餐巾纸上"1640"的字样，前景刚好是我的热饮，感觉满点。

在 1640 年就成立的咖啡馆里，喝一杯热巧克力，享受窗外的
人间即景，也能看见魁北克的不同面貌。

　　正享受着这与别的旅客不同的旅程时，我眼角又瞥见我们的导游从窗
外走过，于是举起相机，又是风景一张。

　　一个城市永远可以有不同的面貌。有时候，有没有见着美景的运气，
也许无关季节，无关气候，而只取决于你的心情。

Part 5——

日本·体贴周到

还好，我还有日本

三个人就这样在日本街头笑成了返老还童的小女孩儿！

2014 年 3 月，我去了一趟北极。

去北极，为的是极光。前两次造访始终未能得见极光的我，三顾茅庐终是圆了梦。然而也因为自恃于之前的经验，一时大意，着了凉，竟然在旅程中感冒了。

这一病，非同小可，折腾得我食欲全无。北极之旅结束后，我整整瘦了两公斤。脸小了，肚子扁了，屁股塌了，揽镜自照，但觉形容憔悴，丑啊！

回到家中，休养了一段时间，用尽方法想要恢复元气。为了增重，我甚至连向来视如寇仇的消夜也照吃不误。深夜时分，端上桌的是热腾腾的酒酿汤圆。据当年报载，影星潘迎紫为了演出武则天晚年的富态威仪，可就是靠这高热量的食物增肥的。

殊不知，人家大明星吃了有用，我却仍然元气大伤，未见半点效力。

还好，我还有日本！

同年 4 月的四天三夜日本小旅行，是早在北极行前便与好友约定的，职是之故，即便我仍然病体未愈，还是出了家门，踏上旅途。

真的，还好，我还有日本。

初抵东京时，花季已近尾声。我们从六本木走到麻布十番，道路两旁植满了樱花树，满地落英，美得不可方物。

我想象那落英时分若能行经此处，我必会坐下来，仰起脸，感受樱花在风中旋舞的姿态，或者凝神谛听樱落如雪的寂静之声……

又想，落英缤纷不正似女人迟暮? 虽不若青春时的亮丽繁华，却有独特的沉静优雅啊。

美景如斯，我也不禁振作起来。

我捧起两手的樱花瓣，兜头便往好友撒。她们没料到我的调皮，一方面既惊又喜；一方面又怕给人瞧见满头的花瓣，急急地想要拨掉。我得意地看着自己的杰作，忍不住哈哈笑出声来。

三个人就这样在日本街头笑成了返老还童的小女孩儿！

麻布十番是近两年台湾哈日旅人热衷的新去处。它有悠闲雅致的街景，有各式特色小店。比如仪助煮便是一家有着百年历史的日本传统点心店，其中一种综合了小鱼干与花生等坚果类的零嘴，吃来爽脆又有嚼劲，很受欢迎。

走着走着，瞥见街上有按摩店，我刚巧也觉得累了，便请会日文的朋友进去帮我问问价钱。结果，60 分钟 10000 日币（合人民币约 500 元），相较起我们所住饭店的按摩价格，便宜甚多。于是我开开心心地走进去，享受了一个钟头的放松休憩。其实里面颇为嘈杂，但我居然熟睡了 10 余分钟，抒压效果可见一斑。

而我贴心的好友们知道我的喜好，还特意趁我按摩的空当，折返仪助煮，替我买了好几包零嘴。

经过按摩师傅的巧手，我的精神恢复了大半，三人遂又继续逛将起来。然后在朋友们血拼的时候，我进了星巴克，点了杯热巧克力，外加一小份儿甜点。最喜欢这份在城市中停下脚步的感觉，体力、脑袋都重新蓄满了"电力"。

然后，我们心满意足地坐上出租车，回到饭店，梳洗一番后，神清气爽地吃晚餐去。

如是这般，我那失去的两公斤，托日本小旅行的福，就在风景好、睡得饱、食欲大开、精神大振的情况下，不费功夫地补回来了。

最对味的异国美食

想不到在寸土寸金的东京，居然还有这么宽敞的一处洞天。

　　这些年，世界各地我渐渐地也算走遍了。各国料理吃得不少，有庙堂之上的，也有庶民小食。其中，日本的饮食文化算是与我内心喜好最接近的。去日本，就算我什么都不做，至少在"吃"这件事上，我可以获致极大的满足。

　　去年，我走在银座街头，正为多样选择烦恼着，突然灵光一闪，拉着小辈就往三越百货走。跳进我脑海中的是一间名叫"筑地"的餐厅，我只吃过一次，但印象鲜明，于是决定带小辈再去试试。

　　我们来到三越百货十一楼的美食街，运气很好，座位不多的筑地只有五六人在等。我对小辈说："应该很快。"便也好整以暇地加入了排队的行列。

　　店内只有十几二十个座位，所幸跟最会排队的日本人在一起，时间似乎过得特别快。没一会儿就轮到了我们，我一边入座一边暗自祈祷，希望还是我记忆中的美味。

　　犹记得上回我点了 7 贯（日本寿司的计算单位），此番与小辈一起，我们两人各点了 9 贯寿司，里面包含了红贝、鲑鱼卵等。除此，小辈意犹未尽，还点了生鱼片盖饭，吃得碗底朝天，外加一杯生啤酒。我们两人吃得欲罢不能，几乎都来不及拍照，美食便全下了肚。

　　老实说，我觉得挺有面子。临时起意带小辈上百货公司的美食街吃饭，获得的享受却完全不输知名大餐厅。

　　另有一回，也是去年，朋友在东京请我吃高档的日本料理。那样难能的体验让我在大开眼界之余，对料理世界的博大精深又有了更多的认识。

　　当天，天气非常好，微冷的空气中有着早秋沁人心脾的舒爽。那间名为"芝"的日本料亭位于东京铁塔下方，是间专门吃豆腐料理的店。

　　一走进去，我便不由得惊呼，想不到在寸土寸金的东京，居然还有这么宽敞的一处洞天。

　　那是一处古意盎然的百年老宅，我们在服务人员的导引下，沿着小路，穿过长廊，优雅古典的氛围让人连呼吸都不由得小心翼翼。

　　我们一行五人被带到了一间宽敞雅致的房间，正对着庭院中的樱花树。另有几株红叶，伸展着青春的姿态……眼前景象真是让人心旷神怡。据闻，就算某组客人只有两三位，店家依然会给房间，且每间房间都能看到庭园中的景致。

位于百年老宅里的东京芝餐厅。没想到在寸土寸金的东京，竟然还有这么宽敞的一处洞天。

这样的一处美食殿堂，食物本身自是毋庸置疑的好吃，其中最令我印象深刻的是一道豆腐。

正红色的漆碗中盛着七分满的豆浆；在豆浆中心，端置着一块豆腐。还未举箸，视觉上已是无上享受，遑论之后将豆腐送入嘴里……那份绵密、细致，无法一语道尽的口感，配合着豆浆的滑郁，更让器皿中的珍馔显得与众不同。

我的口腹、眼睛与心灵同时受到款待，人生真美！

东京芝餐厅擅长豆腐料理，尤其左上方那道豆浆豆腐，最令我印象深刻。

除了是卖点的豆腐，此店的生鱼片乃至甜点，无一不美味。价格是一人两三千元台币（合人民币四五百元）。虽不便宜，但若以各方面条件评之，实在是无可挑剔啊。

这次难能的体验让我对料理世界的博大精深，又有了更进一步的认识。

独具慧心，处处皆美

选定一家落脚后，不必再搬迁，日日都
能舒舒服服、好整以暇地出门玩耍。

去日本旅行，我有些朋友喜欢尝鲜。听说哪里有好饭店，就不辞辛劳地订房、投宿。也许短短一段旅程却连住好几家不同的饭店，每天拖拉着行李，上车，下车，步行，Check in，Check out……

我可没这么大的体力，于是老被朋友笑话："真没冒险精神！"

我比较偏好定点住宿，尤其天数不多的行程。选定一家落脚后，不必再搬迁，日日都能舒舒服服、好整以暇地出门玩耍。

新颖豪华的饭店固然好，但有口碑的老字号饭店，端的是多年不坠的声誉及质量，服务到位，气氛古典。若能位于交通便捷之地，就更是大大加分。

新宿的凯悦饭店（Hyatt Regency）就是这样一家让我每去几乎必住的饭店。截至目前，应该已经住过十来回了。

凯悦饭店就位于新宿都厅旁。虽然距离车站不算远，但为顾及旅客多半携有行李，多年来，饭店始终很贴心地备有往返新宿车站的接驳巴士，每隔 20 分钟一班。每当我在周边城市赏玩一天回来，只要在新宿车站旁的小田急百货前稍候（有时运气好，甚至连等都不用等，才刚到站牌，饭店的车已悠然进站），便能气定神闲被载回居处。旅途中尤怕疲累，接驳巴士的设置真的十分人性。

饭店大厅高悬着三盏巨大无朋的水晶吊灯，据闻已有五六十年历史，早成了凯悦饭店的招牌景观。超级庞然的尺寸，无论从下抬头仰望，抑或乘电梯自高处逐层俯瞰，其华丽精致，真真不在话下。多年前，我还曾遇上工作人员将水晶灯卸下清洗的场面，非常壮观。从近处看，那三盏吊灯更是大得无法形容。躬逢其盛的我，只能说"除了幸运，还是幸运"。

饭店周边风景很值得推荐，有时间的话，不妨散散步。前有新宿都厅，气势雄浑。我尤其欣赏建筑师以纸门窗的意象设计出都厅的门面。在堂皇庄严之外，别有日式精神。

饭店背面的公园也很精彩，平日赏景，周日则有跳蚤市场可逛。我曾在某回旅程中，与孙越夫人在此买过一只手提包，黑色皮质，外形酷似名牌凯莉包。重点是，这个维持保养得非常好的二手宝物，折合台币竟只要两百多元。孙夫人一开始还在念叨着："干吗买啊？"后来愈看愈同意我眼光不俗，也深觉物超所值。

投宿凯悦饭店时，我喜欢早早起床，到公园里散个步。三月末四月初，有数株樱花开得甚美。即便不是花季，庭园之美也很值得细览。一面呼吸着清晨的空气，一面向鸟儿们问好，惬意欢快实非笔墨足以形容。

旅程中的悠闲与宁静其实唾手可得。在大都会的一隅，只要自己独具慧心，便能处处有景有回忆。

令人感动的服务精神

那杯黄澄澄的鲜榨果汁，瞬间打翻在我
的新洋装上！

日本人的服务态度举世知名的好，去过日本旅游的读者想必都知道。有时候与朋友们闲聊，大家交换的感动经验总是形形色色、不一而足。讲到后来往往是一句"唉！人家日本啊"做结，心底除了佩服还是佩服。

然而，即便连我这种造访日本次数已多到算不出来的旅人，对于日本人看待"服务"的贴心与周到，竟然仍常处于"惊叹"状态，那就不只是"佩服"足以形容了。

就说此番2014年春末的四天三夜小旅行吧。旅程初始，我在某品牌女装店买了件洋装。款式简单，我爱不忍释，等不及回台，便在第三天的旅程中穿将起来，兴冲冲与朋友去伊势丹百货喝茶。

我嘴馋想喝点营养的，于是点了一杯红萝卜、苹果、姜汁的混合果汁。整杯果汁黄澄澄的，好不鲜艳。刚啜了一口，想起有个电话得打，便拿出手机，拨回台北。

电话那头是我熟识的店家。我身上这件洋装的品牌他们也有代理，所以我想问问，同款洋装在台北有没有贩卖，价格不知是否较为便宜。

　　为了让对方看清款式，我用手机自拍上传。店家看了回说没进此种款式，还不忘赞美我买得真是合宜好看。

　　说笑间，许是我一个手滑或闪神，那杯黄澄澄的鲜榨果汁，瞬间打翻在我的新洋装上！

　　简直不能更惨！新洋装是米色的，完全没有遮掩的能力。那一大片鲜黄的污渍让我与朋友都傻了眼。要是知道我前一天才刚买，餐厅里其他的日本客人与服务生，恐怕更不知要发出多少声惊呼了。

　　呆愣了几秒，草草结了账，我们立刻冲出百货公司，跳上出租车，直奔我买洋装之处。

　　心里仅存的一线生机是，店家也许会说"我们可以处理，这种情况常有"之类的话。然而事与愿违，店家见了我的惨状，万分抱歉地迭声说道："我们只有贩卖，并没有替客人清洗的服务。"他们一再对我说"对不起"，从他们的表情来看，妄想清除那污渍，几乎可以肯定是不可能的。我一面可惜这件漂亮的新衣；一面只得将另一件同款的黑色洋装买下，换掉身上引人侧目的衣服。然后又在晚餐前，急急回到饭店。

　　我几乎一刻也不能多等，直奔大厅柜台，拿出我的洋装，询问柜台人员：这可以洗掉吗？又表明我次日要回台北，10点半得离开饭店，不知时间上是否赶得及。

　　柜台立刻帮我联络洗衣部，对方说可以收件。于是他们将我的衣服送

走，并请我回房等候。

回房没多久，电话来了。洗衣部的人说他们愿意帮我处理看看，但不能保证污渍能全部去除。我谢了又谢，心想也只能姑且一试了，能救回多少算多少吧。

第二天早上9点，那件送去"急救"的米色洋装被送回我手上。读者诸君啊，当我看到它被清洗得干干净净，完全看不出昨天那场"劫难"时，您可知，我真是感动得眼泪都要落下了啊。

我谢了又谢，饭店人员连连鞠躬回礼。看着他们脸上喜悦又自信的神态，我心中对日本人"竭心尽力"的服务精神，重重的、实实在在的，再次惊叹啊！

只求那一声惊叹的"哇"！

我说一起吧，她很坚持地说不行，好像
跟客人同撑一把伞是莫大的不敬。

请朋友吃饭，说穿了，不就只求那一声惊叹的"哇"吗？

我珍爱朋友，喜欢为朋友带来快乐。有些事不必花什么钱，只需要一些巧思，这我当然会做。然而也有些事，不花钱就难以办到，比如一顿餐厅的美食。

如果这餐厅远在国外，又是闻名遐迩的星级美馔，想当然耳，就非得是自己百分之百认为物超所值的"惊喜"才成了。

东京日本桥有一家 Restaurant Sant Pau，西班牙料理，是我给朋友超值惊喜的首选。自从去过一次以后，从装潢、餐点到服务态度，这家餐厅在我心中都留下了难以磨灭的极佳印象。

犹记得第一次去吃晚餐，是离台前便早早慕名订的位，吃得我心满意足、无可挑剔。临离开前，请餐厅人员替我叫出租车。

他们本来请我在室内等候，但我心想车也许快来了，便提了包包走了出去。

不想外面正下着雨。为我等出租车的那位餐厅总领班，一见我出来了，就赶紧撑着伞快步过来，温柔地笑着将伞递给了我。

我说一起吧，她很坚持地说不行，好像跟客人同撑一把伞是莫大的不敬。然后她执意回到细雨中，继续替我等出租车。

那样一个细雨纷飞的夜晚，街角的光线柔和地笼住那位没有撑伞的日本小姐，她的头发挽了一个髻，穿着餐厅的制服，虽然淋着雨，神情却十分怡然，身体的姿态也一径保持着优雅。在车来以前，我的目光一直为她呈现出的雅致所吸引。直到我上了车，她仍在细雨中对我鞠躬挥手，那优雅美丽的身影、温暖贴心的举止，实在让人难忘。

印象太好，所以当此番四月初的四天三夜小旅行一定下来，我就想，轮到我请的那一餐，当然要让我的好友们到这家西班牙餐厅感受一下。

果然，一踏进那洋溢着浓浓西班牙风情的餐厅，朋友们就已经开始"哇"了。

餐厅位于二楼，沿着红色皮质包覆的扶手进到餐厅里，眼前是酒红色的墙壁。墙上挂的画也都是经过慧眼挑选，不但优雅脱俗，而且让整个室内热情中自有沉静。

面包一上来，我对朋友说，绝不能错过他们的橄榄油，结果朋友们欲罢不能，一块接一块。费心制止他们，怕后面的主餐及甜点吃不下，竟被回以："没办法，停不下来，实在太好吃了！"

美食焉能没有美酒相衬？我们点了一瓶好酒，又是一阵满意的赞叹声。

摆盘，毋庸置疑。其中一道，叶形的玻璃盘上，一圈圈金色细丝如涟漪荡漾，中间只放了一点点美食，视觉与味觉同时得到了犒赏。

羊排、鱼、虾……我从朋友们满足的脸上得到了满满的成就感。

餐后甜点多达六道，而且道道精美绝伦。当他们真的吃不下时，终于首度露出了贪食面包后的懊悔表情。

临走，我问餐厅是否可以让我带些面包回去，餐厅说每日面包都是现做，只能明天送到饭店。

感人的是，次日早上 9 点半，就在我离开饭店前往机场前的一小时，餐厅的面包送到了。当日出炉的小小一块面包，被包装得当当心心的，小心翼翼地被送到了我的手上。

这等人情，也只有日本有啊。

不只是朋友，即便是我自己，也忍不住要"哇"了。

在日本"回家"

门开处，第一个跳进眼帘的便是一排面对马路的窗，窗外便是樱花树的树梢。

人与人的缘分，奇妙自不待言。人与房子之间，何尝不是有着奇妙的缘分在牵引着呢？

2014 年 4 月，我与朋友到东京小旅行。很悠闲的行程，随处走逛、吃美食。有一天，我们信步来到六本木的一条小街，满地都是新落未久的樱花，粉红的娇颜在地面上织就出一张长而绚丽的地毯。路的一侧是新颖漂亮的大厦，可以想见樱花盛开时那梦一般的景象……

我叹口气，无限憧憬地对朋友说：

"如果能在这里有间房子，不知道有多幸福。"

毕竟是个听来遥不可及的梦想，所以说完我也就忘了。

6 月，我又去了一趟日本，亦是天数短暂的小旅行。有个刚好也在东京的朋友打来，在电话那头兴奋地问我：

"丽穗，明天有事吗？陪我去看房子好不好？"

我反正没有既定行程，便欣然应允。次日，先与朋友见了面，接着朋友的友人便带着我们看房去。

　房子听说是在六本木，抵达之后我几乎要叫出来。没错，就是两个月前我与朋友行经的那一区；没错，就是尽得天时地利的那一栋大厦！

　这不是缘分是什么？

　我们随着专人进入大厦的内部参观。日本人讲究细节，房屋内部自是充满着人性化的设计，我们边看边在心中暗自叹服（买屋看屋不能显露心意的教战守则，即便到了国外，还是谨记着）。

　朋友财力雄厚，中意的是大坪数，我陪着进去看，气派豪华真是不在话下。然而于我而言，十来坪（1 坪约合 3.3 平方米，

用于台湾地区）的空间已然十分舒适。如果想在东京周边有个家，以后来日旅行不必再花钱住饭店。那么，一个小巧温馨的居处更能吸引我的停驻。

看完大坪数，我们被带到一间小坪数的门前。导览先生在开门前说，这间虽然坪数不大，但窗景非常棒，然后他便开了门。

一见钟情！我只能这么形容自己当下对那间屋子的感觉。

犹记得 4 月在樱花树下叹息时，我与朋友仰头看着繁华落尽的树梢，我心里的台词是："要是刚好住在树梢上方，每到樱花季节，不知有多美！"

而眼前这间，门开处，第一个跳进眼帘的便是一排面对马路的窗，窗外便是樱花树的树梢。

这缘分，还能怎么巧？

而且，它刚好是我理想中的十几坪。

日本的房地产有个不同于台湾的最大优点：他们没有公设（同"公摊"），所以讲的坪数完全是实坪。这么一来，十几坪其实对于偶尔的度假生活，已经绰绰有余了。

实在太喜欢，回国后我马上跟先生商量，接着又择日陪先生再去看了一次，他也觉得好。于是我们便决定买下这间六本木的小房子。

像我这么喜欢日本的人，每年总要在不同时节到日本走走的人，能在这般意想不到的机缘下，让一句在日本说的痴人说梦的玩笑话成真，我，夫复何求！

买下六本木的房子之后，近一年来我跑了日本好几次。与以前纯旅游

不同的是心情，如今的每一回都是带着圆梦的心情。小至室内拖鞋、锅碗瓢盆，大至沙发、地毯、灯具，逛街购物再也不只是一时的愉悦，而是可以长久发酵的快乐。

一间小小的居所，一个日本的家，之于这个我向来深爱的国度，从此我不再只是过客。

这般巧妙又美丽的缘分真要细究起来，还是起始自旅行啊。因为旅行，我与这条六本木的樱花道有了初次的邂逅；因为旅行，我得以遇见我美丽优雅的小房子。

此外也要谢谢我的好友。因为她的牵线，我得以有机会看见这个家；也因为她先买下同栋大坪数的房子，我的家才可以获致更好的优惠。

正如我前一本书（指《出走》）所说，旅行，是我自生活中"出走"。而今，亦正如我此书的最终旨趣：旅行，是为了"回家"。六本木的蜗居，不就是一个"回家"概念的实践吗？

Part 6——

旅行·生命热忱

旅行的意义不断改变

能买的、可以买的、不买可惜的，我想方设法地带回家来。以至于东西愈来愈多，很多时候甚至会忘了自己到底曾买了什么。

这些年来，我的旅行态度在不断修正、改变。随着年岁的增长与旅行经验的累积，我看待旅行的重点也益发不同。

最明显的改变就在"吃"与"买"。

从前的我，绝对无法想象甚或苟同一场只为"美食"启程的旅行。也许是昔日年轻，也许是因为经济条件并不宽裕，总觉得"就算再好吃，不也是吃完就没了"，这样算来，煞是浪费。

旅行中的买，则正好相反。从前的我，每

到一地，兴奋莫名，看到什么都不想放过，心里总有个"那么便宜（或那么特别），不买岂不可惜了"的声音。能力所及，买！力有未逮，徒叹无奈！总之一出国，能买的、可以买的、不买可惜的，我想方设法地带回家来。以至于东西愈来愈多，很多时候甚至会忘了自己到底曾买了什么。

其实，这才是"可惜"，这才叫"浪费"。

十数年之后，旅行的修为进入另一个阶段与层次。关于吃，我开始懂得美食之难能，也因涉猎渐丰，味蕾的训练日臻成熟，明白了真正的美味绝不是"吃了就没了"，而是能够长驻于心的感动。所以我会为了久仰其名的美食漂洋过海，然后用我的眼、脑与心，记住吃的喜悦与幸福。

关于买，我渐渐收起了那份"害怕不足"之心。我不再将计较的观点置于金额之上，而是清楚算计此物的归处。如果思前想后，仍然无法尘埃落定，就表示这东西不是非买不可，就算再便宜，我也会对它说声再见，痛快舍离。

更大的进步是，我渐渐少于买给自己，慢慢变成买给别人。

不为特定目的的购买更有巧妙的趣味。在旅程中，碰巧遇见某样适合朋友的物件，只要它不大，方便收进行李箱，我便乐于将这样的惊喜从国外带回来。

比如 2012 年我去荷兰，同行的朋友们大买特买，我却心如止水。只在路过当地一家小店时，买了好几包图案特别的餐巾纸。一来此物在我家确实使用频繁，二来是荷兰设计师的创意，花色十分特别。

这真的是我荷兰行唯一的战利品。

　　临离去前，已办好登机手续的我们在登机口旁的商店，又逛了逛。就在这儿，我相中了两只珐琅杯，图案也很特别。见到的当下，我马上想到早年自军旅出身的好友孙越。想来这带有浓浓怀旧味的珐琅杯，应该是份温暖的礼物。于是将两只杯子买了下来，带回台北，送给孙越伉俪。

　　于我而言，旅行的意义在岁月中不断升华。我能够改变，愿意改变，不啻是一种福气吧。

与旅伴相处的微妙

旅行是突显细节的最佳时机，而细节，最是考验。

多年前听人讲过一句话，不是什么佳言警句，却堪称至理名言。但凡旅游经验稍微丰富一些的人，应该都心有戚戚焉吧。

"跟好友翻脸的最快方式，就是一起去旅行！"那句话是这么说的。

我甚至听过朋友的朋友的惨痛经历：与大学至交到欧洲自助旅行三个月，行程不到一半已然闹翻，余下的旅程变成各走各的。出国时开开心心一起搭机，回国时却是分道扬镳，各搭各的飞机，各走各的路。最惨的是，多年好友只因为一次旅行，就此恩断义绝，此后再不联络，形同陌路。

问题出在哪里？

相较于日常生活，出门在外的旅行更容易暴露一个人的处事习惯与人格特质。好朋友长时间"互相包容""互相迁就""互相忍让"……乃至终于"互相看不惯""互相厌烦"。旅行是突显细节的最佳时机，而细节，最是考验。

朋友可以反目，那家人呢？

我就曾经因为旅行中一件极其微小的事件，与女儿有过不快。

当时我们在加拿大，多日的旅程之后彼此都有点累了。某天下午我们进了一间当地的咖啡馆。一楼客满，我下楼到地下室坐，女儿排队点东西。排了很久之后，她端着饮料下来了。

"这巧克力好温喔！"啜了一口热巧克力，我难掩失望地脱口而出。

女儿的脸倏地垮下来，她接过饮料，气呼呼地上楼重新排队，等加热了再端下楼。对我说话的口气，明显的不高兴。

女儿一直是我最好的旅伴。无论去哪里，有她相陪，我总觉幸福。那个气氛转坏的当下，我心里也很不是滋味。我又没说什么了不得的重话，大小姐你生哪门子气！

但转念一想，不对。那么多天的旅行，我累，她当然也累了。然后她还得排上老半天的队，点了饮料，小心翼翼地走下那有点陡的楼梯，交给我。这样的情况下，我一句听来挑剔的"不够热"，想当然耳会让人觉得委屈啊。遑论还得回到队伍中，重新请人加热我的巧克力。烦琐又累人的程序，不知又让旅行的疲累感加重了几分。

话说回来，已经在游轮上温馨共处了一个星期的我们，旅程已近尾声。如果只因为这无心的误会，毁弃了七八天来的美好，又是多么可惜与不值。

于是我对女儿说，这趟旅行，风景那么美，气氛那么好，我每天都在感谢天赐的恩典。可是现在，因为一杯热巧克力，感觉却像从天堂掉到地狱。

"我们都累了，"我说，"一时的情绪掌控不住，所以对彼此的态度可能都不是很好。你可以跟我说楼上的情况啊，'人很多，妈妈你就迁就

着喝好吗？'我也就不会搞不清楚状况还要求。我不想彼此臭着脸走完余下的旅程，那样太对不起对方也太对不起自己了，不是吗？"

女儿点点头。毕竟贴心，母女俩没多久便又恢复了心无芥蒂的情境，愉悦惜福地相偕完成了美好的旅行。

不是说吗？"亲昵生狎侮"，朋友、亲人莫不如是，旅行尤其容易体现这句话。怪不得有人说，比同居更能看出两人是否适合在一起的方式，非旅行莫属。

幸运得来的免费美食

如果只是画，倒也罢了。当此"画"入口，
才真是令人难以忘怀的飨宴。

好友从美国打电话来：

"我有三天假，咱们去香港走走怎么样？"

说到香港，它在我心里始终是个浪漫的地方。有山有水，新旧并容，怀古与时尚兼具。只是，早些年我常因公事，动辄便得到香江出差，去得多了，不免会对许多景物少了新鲜感，好山好水摆在眼前也是浪费。还好近两年我已少去，所以当朋友兴致勃勃地提出这样的邀约时，我连半点犹豫也没有，欣然应允。

更何况，好友用顶级美食利诱我。

"最近赚了点钱，"她说，"我请你去吃龙吟！"

我的天，龙吟耶！其乃米其林三星的日本料理名店。东京那间据闻要在数月之前预订。既然可以到香港开荤，又不必自己出钱，焉有拒绝的道理？

于是，三天两夜香江行的第一晚，我便完全臣服在美食的麾下。

唉！该说什么好呢？既是三星，食物之新鲜美味，自是毋庸赘言。但最让人对龙吟惊叹甚至感动的，是细腻完美的摆盘艺术。

其中最令我叹为观止的一道料理，只见一只洋梨优雅地立于细巧精致的玻璃钵正中。洋梨是嫩藕色，衬在透明感十足的玻璃器皿上，恰如其分。钵底水纹状的雕花从洋梨下方伸展出来，我用手机拍下这几乎令人不忍食之的美食，传给朋友。朋友回传一句惊叹，问我：

"那是一幅画吗？"

如果只是画，倒也罢了。当此"画"入口，才真是令人难以忘怀的飨宴。

原来，那只洋梨的外壳上桌之前竟被冰冻于零下 90° 的极低温中，是以呈现出一种既硬又脆的口感。当打成稠泥状的洋梨果肉被送上桌时，再将脆硬的洋梨外壳敲碎，混以食之。冰与热，脆与软，无论口感与温度都在丰富多变的层次间堆叠跳跃。简直不是"好吃"能形容了！

而出乎我意料的是，第二晚的美食竟然也是免费的。

说来有趣，我本来为了礼尚往来，来港前便订好了另一家三星餐厅侯匈，打算在香港的第二夜好好答谢朋友请吃龙吟的美意。想不到朋友竟临时给我出考题。

"我出个题目，如果你能答对，明晚不用你出钱，一样我请。"朋友发下豪语，一脸算准我答不出来的表情。

老实说，这赌注挺棒的，答对了，我赚到；答不对，我本该付出，也没什么好损失。

朋友说，之前中国的有钱人一窝蜂地买黄金，现在则是疯着买美国的

龙吟餐厅的菜肴道道新鲜美味，细腻完美的摆盘艺术使每道料理都像一幅画一般。

房产。有三个城市最得中国人青睐：一是纽约，想当然耳，国际大都会，房价只会升不会跌；二是洛杉矶，因为气候宜人，不冷不热，甚得东方人喜爱；三呢？

"你猜猜看！"朋友笑意难掩。

"该不会是……"我其实也没十足的把握，只能用现有知识推测，"底特律吧？"

此语一出，朋友脸上惊愕的表情马上说明我答对了。"你居然猜得到！"她说，仍然难掩惊奇。

这下轮到我得意了。

底特律原是个汽车工业城，后来经历了破产，直到现在才开始经济复苏。在我的想法里，有钱人若要投资房产，还有哪里比底特律更具成长空间？

谢谢底特律，谢谢香港，谢谢我的好友，我竟然连吃两晚三星美食，却一毛也没花！

无心的出糗，有意的任性

想也知道，我们这群"老外"做了不该做的事，人家气急败坏地赶来说"NO"啦！

有时候，即便旅游经验丰富如我，也难免在旅程中做出鲁莽的事。

比如有回在冰岛，冷得要命。我与旅伴们见到有处天然温泉，景色超棒，可以让人穿着泳衣泡澡。我们当时只是经过，哪里会带着泳衣。然而泡澡不成，泡个脚总聊胜于无。低温中未及细想，大伙儿便喜滋滋地撩起羽绒服的下摆，卷起裤管，脱去鞋袜，将两只脚泡进热乎乎的温泉中。

在有人出声说"不行"以前，老实说，寒风中泡冰岛温泉的暖意从脚心往上蹿……真是舒服啊！

正当我们自以为发现"好康"（意思是"好事"）而开心的当口，有位管理员模样的先生，表情极之严肃地边出声制止，边向我们跑过来，虽然听不懂他口中嚷嚷的究竟是什么，但端看那态势，想也知道，我们这群"老外"做了不该做的事，人家气急败坏地赶来说"NO"啦！

分不清究竟是天气太冷还是太丢脸，总之我的脸，刷一下就红到了耳根。

遇上这种状况，我脸皮薄，因为觉得自己无知。但话说回来，也有另

冰岛的天然温泉可不是随随便便就能下去泡脚的呢。

一种情形，仗着自己经验老到，我又会十足厚脸皮，老神在在地我行我素。

好比有回在香港机场，距离登机回台北还有一小段空当，我立刻决定要去翠华吃一碗我最爱的鱼蛋河粉。翠华是机场里的港式餐厅，他们的鱼蛋河粉我百吃不腻，汤鲜甜，鱼蛋（就是我们说的鱼丸）又是刚刚好的弹牙，不是加了太多硼砂的那种脆。正因为太喜欢，所以我每回离港前几乎都得去翠华报到。好像不吃上那一碗心心念念的美味，整趟香江行就白来了似的。

问题是，我老神在在，同行的朋友可急死了。朋友是行事谨慎的人，生怕我们会赶不上登机时间。加之我们的登机门又排在非常后面，距餐厅有好长一段路，朋友好说歹说，几乎快生气了，就希望我别吃那碗河粉。

"不行啦！"我说，"你让我吃了我的河粉，我保证我们赶得上。"

结果呢，我河粉也吃了，心满意足；登机时间呢，也赶上了，甚至还

比很多人提前呢。

因为我有"偷吃步"！

我搭了那种穿梭在机场内、运送行李的小车。快吃完的时候，我请餐厅柜台打电话帮我"叫车"，花了 60 元港币（合人民币约 50 元），我与朋友就这么坐上去，一路超越徒步的旅客，畅行无阻地被安稳送到了登机口。

我承认，这不是什么值得鼓励的行为，而且我必须再三声明，我可不是动辄如此，我平常都是乖乖走到登机门的。那一回真是例外，因为嘴太馋，时间又紧凑，不得已才出此下策。

只是，相较于前面说的冰岛"泡脚记"，香港机场里的"搭便车"，我倒是脸不红气不喘，丝毫未有丢脸感就是了。

我的心，醉了！

有那么一晚，我与先生下楼小酌。那个晚上，
真是清风如诗景如画。

旅行的心情有时成就于风景，有时成就于美食，有时成就于旅伴……
有时，只成就于自己。

我常去日本乡下旅行，极之高档的温泉旅馆我住过，美食与设施自是
毋庸置疑的好。平均一晚两三千日币（合人民币四五百元）的日本农家民
宿，我也住过。那真的是朴实清幽的乡村，犹记得，步出室外便是羊肠小
道；吃的都是院子里自家栽种的当令蔬果，新鲜欲滴。民宿虽然环境简单，
但因为处处干净，住起来其实颇为舒服。甚至可以说，一路延伸至城镇都
不见脏乱。不说别的，最能瞧出端倪的洗手间，无论在城市抑或偏远乡村，
都只有"干净"可以形容。

干净，已经成为日本的文化了。

如果行程允许，我通常会在新宿住上两晚。有专车往返于车站载客的
凯悦饭店，是我十分喜爱的投宿点。

有时，特别干净的是心情。

比如 2014 年夏初，我与先生难得的两人小旅行，在六本木住了两晚。

凯悦饭店一楼的露天咖啡座布置得十分优雅。一支支的户外大阳伞，撑起一种半隐蔽的浪漫。

6月初的天气不冷不热，很是宜人。有那么一晚，我与先生下楼小酌。那个晚上，真是清风如诗景如画。只见每张桌上都点起了蜡烛，烛光摇曳，乐声悠扬。

先生知道我不太能喝，便只点了两杯红酒。不知是气氛使然，还是那支酒实在顺口，在此之前，从来喝不完一杯酒的我，那个晚上，难得地把一杯红酒饮尽了，而且丝毫不觉勉强。

旅行中，另一半在自己身边，毕竟是更加安心的。安心、愉悦，连空气都变得温柔起来。那一杯红酒真是天时地利人和。我与先生就这么安静地坐在伞下，啜着红酒，欣赏着来往的行人，偶或聊个两句……

我知道自己没醉，毕竟只有一杯，而且喝得并不快。倒是那气氛，让我清楚感觉：

我的心，醉了！

完美旅行的要件

可惜，好运气可不是每次都与我同在的。

想看世上难能绝景，"运气"绝对是不可或缺的成败关键。

就像我在上一本书《出走》中写过的，女儿曾在阿拉斯加的冰岬出海看鲸鱼，结果她运气好到不但近距离看到好几条，甚至还清清楚楚目睹了它们张大嘴吞食鲱鱼群的惊人盛况。那趟旅程我没有参与，后来听她说起，偏偏女儿又描述得活灵活现，我听得艳羡极了。却只能暗自祈求，等我去阿拉斯加赏鲸的时候，也能有这般好运，与我最爱的庞然生物在蓝天碧海间共同徜徉。

我不是没有看过鲸鱼，以我对阿拉斯加的热爱，我又去过那么多次，当然也赏过不少次鲸。但正因为鲸鱼太美、太难得，每次与它们相遇的感觉都不同，以至胃口就愈养愈大，希望次次都能有不同的惊喜。

可惜，好运气可不是每次都与我同在的。

2012年我去阿拉斯加运气就不好。一样是在朱诺，我花了175美金（含一餐），乘船出海看鲸。

失望至极！

赏过不少次鲸，却也不是每次都有好运为伴。

搭直升机游冰河，还得签切结书，但旅行中的我，什么都不怕！

　　首先，鲸鱼与我们的船之间，距离远得不像话，我们只隐约瞄到不清不楚的喷水；再来，也没有遇上鲸鱼群，只有两三条鲸，还是远到不行的两三条，所以根本等于没看到。

　　还好，白天赏鲸不顺利，晚上搭直升机游冰河倒还算圆满。

　　我订到的是当天最后一班直升机，晚上七点钟。五个旅伴里只有我和另一个朋友参加，其他人因为觉得危险而放弃。于是我们俩先搭巴士到机场，上飞机前要先量体重，还得签切结书（又名"保证书"），然后在自己的鞋子外直接套上工作人员给的雪靴（靴底有钉子，可牢牢抓住地面）。

一切就绪，登机！

　　若不在旅程中而是寻常生活里的我，胆子小得可以！怕台风，怕地震，尤其是后者。地震来时我是那种会在家中原地乱转、惊惶失措、不知如何是好的人。你很难想象这样的我一旅行就像换了颗心脏，什么都敢尝试，什么都敢挑战。

　　从飞机上俯瞰，如今的冰河残貌真让人感觉步步惊心。全球变暖的速度远远超出你我的认知。我眼见原本厚实壮阔的无垠冰河，现在变得薄弱残破，而且明知它还会继续销蚀下去……心里的痛，真不知怎么形容。

　　飞机下降时已经9点，天色昏暗，又下着细雨，我的心里涌现出害怕的感觉。所幸飞机平稳地降落了，我对自己此番付出的勇气又给了满意的答案。

　　我们在一间工作人员驻扎的小屋里躲雨，在那儿透过朋友的翻译，与一位打工的年轻人聊了一会儿。那年轻人就读阿拉斯加大学，他说，一个假期在此打工的钱足够支付他整整一年的学费与日常花销。我们坐在小屋里，屋外的雨下个不停……

　　望着窗外的雨，我更加明白——运气真是旅行的要件啊！

大自然的震撼与启示

其实，整个人生就是旅程，整个生命就是旅程。

这些年，只要生活中一有空档，我几乎都在旅行。最好的时光，最好的体能状态，我全都无悔地赋予了一次又一次精彩的旅程。

我一直自问，什么叫"旅程"？其实，整个人生就是旅程，整个生命就是旅程。这也是我后来汲汲营营于旅行的原因。未曾爱上旅行之前，我所能受到最大的感动，多半来自人为的文化与艺术；热衷于旅行之后，大自然带给我的震撼，却远远超出了我的想象。

每每有人问起：遍游世界，你最爱何处？我总会不假思索地脱口而出："阿拉斯加！"说时还带着难掩的骄傲，仿佛身为地球的一分子，有幸亲眼得见那绝美的景致，是多大的福气。

身为一个旅人，这许多年来，我在世界各地来去，亲眼见识、亲身体验地球样貌的变迁，内心的感触实非"焦灼""伤心"可以形容。

过去搭飞机往来世界各地，气流虽多半平稳，但随便一点小波动便让我心惊胆战；而今，全球变暖，海水被太阳蒸发，导致云层既多且厚，

造成气流不稳，动辄大风大雨。我可以十分明确地感受到：遇上气流不稳的频率远远超出以往，机身晃动的情况也大得多。然而，在此等状态下练就的"处变不惊"，实则意味着什么？我们究竟需要如何穷尽心力、身体力行，才能留住这美丽的星球？

世界各地天灾频传，2004年，南亚大海啸席卷印度尼西亚；2005年，卡崔娜飓风重创美国纽奥良……近几年，内蒙古草原几乎年年雪灾，且灾难性更甚过去；而2012年，暴雪几乎瘫痪了美国大城市纽约、费城、波士顿，东欧、中欧各国如保加利亚、斯洛伐克也深受雪灾之害；日本更不用说，许多地方降雪量是往年四倍；最令人警觉的是，阿拉伯联合酋长国竟也遇上低温，致使北部近阿曼山区不仅结霜，甚至降雪！沙漠地区竟银白一片，岂不让人心惊！

而我的最爱阿拉斯加，这些年更如一位急遽衰老的美人，原是万年的冰帽，竟已斑驳花残。

当我去到北极，站在世界的顶点，也是美国最远一块土地"贝罗"上时，仍然没有见着北极熊。这庞然的生物正为了它们赖以生存的环境与食物而艰苦奋斗着。过去环保人士疾呼的正负2℃，而今科学家已修正说法为：2050年之后，地球温度将上升5℃，海水将升高一米。此说若成真，您可知我们这美好的大地还会剩下什么？

而今才知道，过去的旅程中，那些引人惊艳的美景，那些出现频率高到几近寻常的野生动物，真的是成就了我人生难能可贵的福气。只因才不

　　过十数年光景，许多浑然天成的宝物，都演变为"稀有"，甚至"绝迹"了。

　　这世界，怎是一句"焦急"可以拯救的啊！

亲身领略造物的神奇

因为旅行，我不但是眼见为凭地大开了原本狭隘的视野，更在不断的惊异与惊喜中，知晓了最简单却也最难懂的真理。

从前在阿拉斯加路边，近码头处，轻易便能遇见嬉戏的海獭。举头望向山脊，加拿大盘羊优雅的身影清晰可见。而在我们投宿的饭店庭院，大角麋鹿就那么堂而皇之地擅闯。先生见了好开心，以为是有人豢养的，忍不住上前抚摸，还因此激怒了那头其实是全然野生的美丽动物，追着先生满院子跑。众人见了哈哈大笑，浑然不觉危险。

还有呢，从前去落基山脉，看到远处硕大的棕熊，我们兴奋地下车拍照，警察先生立刻过来要我们进车子，直说这样太危险……

而今，因为地球已不再是从前的地球。过冷与过热的环境变迁，原本"寻常"的动物们数量骤减，真成了"珍奇"与"稀有"了！

多年前我曾于旅途中投宿落基山脉的路易斯湖。那儿的气候非常冷，不可思议地下着六月雪。来自亚热带的我，从未见过下雪的景致。因为太过兴奋，竟不由自主地手舞足蹈起来，我像个小孩儿似的原地打转，仰脸迎接天空飘下的雪花。那一刻，当真体会到什么叫"返老还童"啊。

有一日，天才刚亮，我独自一人从饭店中步出。空气冷冽，整个氛围

安静得几乎像是静止的。我慢慢地走向湖边，近看那山壁上的岩石，它们直似一块块四四方方的木炭，鬼斧神工地堆砌在一起……山色映在水中，美得让人无法言语。我小心翼翼地走上木头做的踏板，站在那里。大自然的天籁将我包围，不知名的鸟儿啁啾着，树叶彼此摩挲着……我其实并不能分辨那些声音究竟来自哪里，但我的人，却是愈站愈安静，愈站愈觉得自己彻底融入了大自然，体会到了"天人合一"的感动。

我也曾在冰岛领略过峡湾之美。相较于河流或海洋，峡湾真的是平静如镜，而四季变化的景致，就那么不可思议地镶嵌于镜中，真真绝景天成。

我更曾在绝高的山巅见识过冻顶植物的厉害，那些短如绒毛的地衣却能养活壮硕的鹿群。尤其鹿蹄与鹿嘴的构造，就是为了让鹿扒开积雪，吃到地衣。凡此种种，关于造物的神奇，怎不让人惊叹与折服！

因为旅行，我不但是眼见为凭地大开了原本狭隘的视野，更在不断的惊异与惊喜中，知晓了最简单却也最难懂的真理——

世间万物，不可小觑！

旅行让我看见的真相

> 若不是因为旅行，安坐家中的我是不可能看
> 到真相的。

　　未曾经过旅行熏陶的我，很惜命，很胆小。但当多年前我初次坐上
五人座小飞机，飞上高处俯瞰万年冰河，那世间绝景，让我了解了生命
的真义。我终于明白，原来看似停滞的冰河，其实是在以挤压的方式慢
慢向前，而且有着缝隙。那如玻璃般的翠绿色泽，在太阳的照耀下美得
令人无言。

　　小飞机很轻，高空的气流很强烈。每有山风吹过，在飞机上的我们就

会感受到一阵令人心悸的震动。然而因为那绝美的景致，我突然之间觉得，自己的生命真的是微不足道的渺小，地球仍然恒常地转动啊。

于是我对女儿说："如果有一天妈妈走了，记得要将我的骨灰带到阿拉斯加的海上，撒向大海，至少还能给予我最崇敬的鲸鱼们一点点养分。"

20余年前，当我徜徉在如斯的绝景中时，哪里想得到，那万年冰帽竟然会有销蚀的一日；哪里想得到，因为整个食物链环环相扣的影响，没有海豹幼兽可吃的北极熊，如今正濒临饿死的绝境。当我在20余年后，真正造访了北极，亲眼见到冰山真的在以惊人的速度融化；亲眼"见识"了北极熊真的芳踪杳然，这才惊觉，当年在饭店庭院中，能够遇见甚至触摸到野生麋鹿的我们有多么的幸运。那种万物皆在的福气而今何处能寻？

科学家预测，20年内，北极冻土层的融化将到达临界点。届时，冰封

约三万年的大量有机碳将释出，加速全球变暖。

若不是因为旅行，安坐家中的我是不可能看到真相的。

又如非洲，我也是因为亲身体会，才感受到他们对于水源的渴求。非洲干旱日益严重，连河马也快面临没水可泡的苦境。我如果只是坐在冷气房里看着电视，想来是万万不能理解事情的严重性的。

又如威尼斯，诸多报道都说，该城正在下沉。但如果我不是身临其境，在旅行过程中亲自踩过威尼斯店家摆在门口让客人通行的桌子，又怎么会明白，今日水患威胁这美丽的水都到了什么地步。

气候剧烈变迁，粮食与水源短缺，人类与万物的生存都受到了严重的威胁。不久前科学家才通过了一项金额高达1亿900万美元的计划，就是为了强化包括水稻、玉米、小麦、马铃薯、香蕉、高粱、豆类等"农作物

种子银行"，以协助保护原有物种并研发新物种。这样做的目的无非是为了因应气候变迁以及其他威胁（比如粮食战争）。

以前吃海鲜，大家总说别吃小鱼，要吃大鱼。现在大鱼不流行吃了，改成"吃巴掌大的小鱼最好"。问题是，这样吃下去，总有一天会无鱼可吃啊。

人为的破坏，人为的夺取，造成我们在不断地失去。一直以来，我们人类并没有善待大自然赐予我们的丰厚资产，反而因为自恃为万物之灵，居高临下地看待万物，对于食物、水源、矿产……几乎所有一切自然资源，都是以"取之不竭，用之不尽"的态度在挥霍着。

身居食物链顶端的我们，只知沾沾自喜，却未曾意识且警觉，若食物链的下端出现问题或断层，整个食物链既是环环相扣，最终影响的还是人类自身的存亡啊。

我有幸能够旅行，有幸能够遍游世界各地，饱览人间绝美景致。也因为旅行，我得以亲眼见证世界的真相；走出自以为是的象牙塔，用不同的眼界、不同的心胸乃至不同的态度、不同的高度看待人生，看待万物。

旅行，教育我成长；教育我珍惜；教育我有幸为人，却不能忝而为人！

人与天地的共处之道

你绝对难以想象，人类齐力解决一头硕大的
圆头鲸，竟然只要 30 秒的时间！

愈旅行，愈是能了解保护地球那刻不容缓的重要性。

愈旅行，愈是知道自己所憧憬、热爱的美丽生物，正面临怎样无可比
拟的灾难。

比如鲸鱼。

2013 年，我之所以选择到法罗群岛附近旅游，一方面是因为搭乘的游
轮刚好有经过那里；另一方面则是因为看过电视上介绍该地是捕鲸人与护
鲸人拉锯的现场，职是之故，更让我想去一探究竟。

法罗群岛共有 18 座大小岛屿，峡湾地形美不胜收。然而也正因如此，
捕鲸人有了天时地利的猎杀舞台。

Discovery 探索频道有个节目报道有一群被称为"海洋守护者"的人，
为首的领导者名叫保罗。他们专责阻止捕鲸船猎杀鲸鱼。

鲸鱼被猎捕的过程十分残忍。捕鲸人先是利用圆头鲸喜欢靠近海滩吃
乌贼的习性，将鲸鱼驱赶到其中一座岛屿的海滩。因为峡湾为长 U 形，鲸
鱼一旦进入，完全无法出去。此时，峡湾旁那五百人的小村庄便倾巢而出，

全村的人一拥而上，将受困浅滩的鲸鱼活活打死。

你绝对难以想象，人类齐力解决一头硕大的圆头鲸，竟然只要30秒的时间！

前一分钟还是碧海蓝天，顷刻间海水便被染红，其残暴恐怖的程度，想来就连"鲸鱼炼狱"也难以形容吧。

短短不到一小时，100多头圆头鲸便香消玉殒！血染的海面像在嘲讽着人类的无知与残忍。没有一声哀号，听不见半句悲歌，这地球上许多美丽的身影就此消逝。

海洋守护者们乘着一艘由老牌法国影星碧姬·芭铎捐赠的船只"碧姬·芭铎"号，在鲸鱼出没的峡湾附近投掷声呐，鲸鱼畏惧那样的音频便不敢靠近。此种防堵法，某种程度上来说，算是有效遏止了大规模的鲸鱼屠杀。

　　然而人类的生存权也有人执意维护。对于峡湾村落的居民来说，捕杀圆头鲸向来是他们世代赖以维生的传统。当地人甚至为了保护自己的渔民，不惜登船逮捕为鲸鱼请命的海洋守护者。

　　地球上有多少知与未知的角落正不断上演着"残忍中的生存之道"。这之间的矛盾，就如同当我在非洲旅行时，自马萨伊人身上看到的：人与天地之间的共荣共存以及竞争。也许，鲸鱼的大规模猎杀在残忍程度上远远胜出，但说到底，还是为了求存。个中真义往往让我迷惘，也让我省思。究竟谁是谁非，恐怕也难以有个不受质疑的定论吧。